漳州作家丛书

陈燕松/主编

燃烧的鞋

黄水成/著

中国华侨出版社
·北京·

图书在版编目（CIP）数据

漳州作家丛书 / 陈燕松主编 .—北京：中国华侨出版社，2018. 10

ISBN 978-7-5113-7767-8

Ⅰ . ①漳… Ⅱ . ①陈… Ⅲ . ①中国文学—当代文学—作品综合集 Ⅳ . ① I217.1

中国版本图书馆 CIP 数据核字（2018）第 216910 号

漳州作家丛书：燃烧的鞋

主　　编 / 陈燕松
著　　者 / 黄水成
责任编辑 / 高文喆　王　委
责任校对 / 孙　丽
经　　销 / 新华书店
开　　本 / 670 毫米 ×960 毫米　1/16　印张 /324　字数 /4281 千字
印　　刷 / 三河市华润印刷有限公司
版　　次 / 2018 年 11 月第 1 版　2020 年 2 月第 2 次印刷
书　　号 / ISBN 978-7-5113-7767-8
定　　价 / 980.00 元（全 24 册）

中国华侨出版社　北京市朝阳区西坝河东里 77 号楼底商 5 号　邮编：100028
法律顾问：陈鹰律师事务所
编辑部：（010）64443056　　64443979
发行部：（010）64443051　　传真：（010）64439708
网　址：www.oveaschin.com
E-mail：oveaschin@sina.com

《漳州作家丛书》总序

漳州是中国历史文化名城，历史悠久，文化深厚。在文化的星空，群星璀璨，先后涌现出黄道周、林语堂、许地山、杨骚等文化名人，令我们引以为傲。

四十年改革开放，四十年风雨兼程。漳州土地，生机盎然，文学创作也迎来繁荣发展的春天。应是春风吹拂，应是文脉相承，一支包括了老、中、青三代作家的队伍正在悄然形成。2004年，漳州市委宣传部、漳州市文联编辑出版了第一套《漳州作家丛书》，有十二人，十二本。时隔十多年，在祖国改革开放四十周年的今天，漳州市委宣传部、漳州市文联再次编辑出版第二套《漳州作家丛书》，展现活跃在省内外文坛的二十四位当代作家的创作风采。十二到二十四，这不仅是作家作品数量的增加，更是漳州文学创作水平质的飞跃。

《漳州作家丛书》的出版，旨在展现漳州作家的创作成果和创造实力。以期让更多的人，通过这套丛书，了解漳州，关注漳州，热爱漳州。同时，我们也希望，通过这套丛书的出版，能够激发漳州作家深入生活，体验人生，潜心于文学创作，用更好的作品回馈家乡，回馈人民，回馈时代。

《漳州作家丛书》编委会

2018年10月1日

目/录

阿春的早晨

1

我还是想在八点准时赶到阿春的店里吃早餐，虽然离八点半下乡的时间有点紧，等下还得赶回单位去拿机子，找带子，还有三脚架之类的东西，但我还是不想错过今天的早餐。

县城的早餐店不算沿街设在露天的点，还是比较多的，平均一个片区就有两三家，到每家来吃早餐的也基本是固定客。我原先不是阿春店里的固定客，我对吃早餐是比较重视和讲究的，首先店里非得有像姜丝、腌萝卜丁、酱黄瓜等小菜，还得有炒香菜、炒空心菜、炒火结菜等五六样现炒青菜；再得有皮蛋、咸鸭蛋、卤蛋、巴浪鱼、卤肉、本地香肠等七荤八素的可供我每天换着挑选口味才行；除此外，店里还得有一两样拿手特色菜才能让我长期固定下来，我才能认定这个固定点。原先县法院楼下那间早餐店虽没有像我罗列的那么多菜谱，但有非常鲜嫩的卤豆腐，据说卤料里添了罂粟壳，让人一吃就上口，我就那么吃了三年的豆腐，直到今年春节后关门了，听说改开了休闲馆，说白了就是开麻将馆，给一帮人提供一个打麻将的地方，只给一帮老头老太太上茶水，收点茶水钱，听说远比开早餐店轻松而且更赚钱，我才悻悻地另寻他处。

寻到阿春店里时，我已在县城七八条街上的十几家早餐店里尝过口味了，除了个别卫生上的隐忧之外，还是因缺少一吃就上口的特色菜，这样的早餐店不出两个早上我就没胃口了。唉，谁让我每天都加那么晚的班，谁让我不小心染上跟罂粟一样上瘾的香烟，一晚上两包哪！这样狠抽下来，除了每天早上刷牙时呕了半天不尽的痰之外，嘴里一片干涩，就非得靠那跟香烟一样上瘾的特色菜来打开我的胃口。而阿春的小店里正好有那煎得两面发黄的小鲫鱼和猪肺叶炒辣椒，这肺叶炒得三分老，不软不硬，咸中带辣嚼得带劲，非常开胃。鲫鱼据说是每天清晨卖鱼人刚从河里捞上来的，虽然还没巴掌大，但她老母亲硬是把它煎得清香四溢，新鲜又非常营养，这对我一天平均睡不到五个钟头，一天奔波到晚，每天早上还坚持晨泳的记者来说，吃饱与营养是非常必需的。我细细地看过她煎鱼的过程，一脸盆的被盐水浸过的小鲫鱼，每次放五条到锅里煎，加上鲜姜丝、油葱文火慢煎，这样从鱼入锅到熟透挑到盘里需要十五分钟，鱼在锅里得翻四次身，洒两遍酱油，加一点鸡精，一盆鱼就是她母亲一早上的全部工作；阿春老公的全部工作是不停地炒菜，每次炒一小盆青菜，这样客人来了，青菜才不会发黄，才会热气腾腾清香诱人，他就这样不停地一样一样炒，似乎他从香菜到空心菜再到火结菜等所有花样炒一个循环，刚好是早餐客人吃菜的一个循环速度，他也就不停炒一个上午的青菜，大汗淋漓的、永不停歇的炒菜就是他全部的工作。还有一个帮工在不停地洗洗涮涮，只有阿春一人似乎稍清闲些。但说这话的人是没良心的，她所有的忙活是从凌晨四点开始的，不管刮风下雨，不管天冷天热，四点钟永远是她一天的开始。

她从这一刻开始就得煮六锅稀饭，每锅的凉热不同，稀稠不同摆在桌上供人选择。在这过程中她还得切好所有早餐的小菜，像腌萝卜丁、酱黄瓜等小菜都要切得非常细碎，一条腌萝卜在她的刀下就是千刀万剐，只有米粒大小，这个过程同样琐碎而漫长，她的每一个早晨都是由这些琐碎堆砌而成，一家人在十几平方米的小店里是快乐而充实的，早晨对他们来说，就是一天的生活，一家人的生活，只要有早晨，他们就永远有生活，这是最自然的硬道理。

阿春是个四十多岁的女人，看上去还要苍老些，她的牙有点凸，嘴总是闭得紧紧的，加上她的忙乎，很少见到她的笑容，我是连去阿春店里的第三个早上才第一次见到她的笑。我每天几乎都要了同样的一小盘火结菜和空心菜，又要了六个鹌鹑蛋加一点瘦猪肉，还要一些猪肺叶和水煮干花生、腌萝卜丁、酱黄瓜、姜丝之类的，最后等那煎鲫鱼一上来，我又上前抢了一条摆在桌上。刚开始，阿春似乎无意一样地站在我身旁看我要菜，通过三天的观察，我发现她对每一个客人要菜时都似乎无意地站在身旁看着，我明白了她是在一旁默默地数客人吃了多少钱。也真难为她，上班前后来她店里吃早餐是高峰期，来来往往百十号人不停地要菜，不停地向她付钱，她竟能把每一客人吃了多少记得一清二楚，大部分客人是吃两三块钱，有些妇女才吃了一块多一点，有的一家三口人才三块钱，她都能一一找平。像我这样稀饭一吃两大碗，又要那么多样菜，她只收我六块钱，这六块钱就抵上一桌客人的饭钱了，她自然破例地对我露出了那久违的微笑，那只是一瞬间的微笑，我看出她心中的暗喜，我自己细算下来，不扣除工钱，光成本起码也让我吃了四五块，就一点点的赚头就让她暗自高兴了一把，看来她是容易满足的人。毕竟她的钱是这么一小点、一小点赚来的，她的高兴和她的笑容也自然是这么一小点、一小点堆砌而成的。

小县城就这么大，来这里常会碰到熟人，就常有争着付账的，而那些家庭主妇多是做样子的多，真付钱的人少，人嘛，要的是一个客气的做人的姿态，我不愿让这小小一顿早餐落个人情，就学着那些固定客记账，这样吃完一抹嘴，真有当大爷的感觉。我看阿春翻开那本油乎乎的记账本，每个记账的人都占有一页纸的位置，里面记的是每人每顿的早餐钱，整整一大本我看那里面记的也不全是真实的姓名，全凭阿春对着脸谱给作下的记号记账，她从不把三角街的、罐头巷的、派出所张、银行李等几百个人名记错，我觉得阿春这样记脸谱有意思，就翻看那本子看她给我记个什么记号，上面竟写着——煎鱼男。

2

做早餐的人，看来都是以吃的人多取胜，一个早上，一家老少一块儿上阵就只能赚一百块的毛利，还得起早贪黑的，就只能赚那么一点辛苦钱。

但是再辛苦，阿春每天都得赚，那是在我去她店里的第三个礼拜天，那天我起得迟些，刚好她的店里客人稀少，她似乎有意地想和我聊天，她说起她卖早餐都坚持了十年了，十年前，她夫妻俩双双一块从一家国有的农机厂下岗，她说：“那么大一家大型企业，竟那么地经不起一点风吹雨打，质量万里行那一阵东风就把它吹倒了，上千名工人一夜间就都被吹回家待岗了，看来吃饭碗还不如自己辛苦点可靠，你吃我一碗稀饭，我就收你五角钱，赚一毛二毛心中有底。”说完她叹了一口气：“唉，你们现在吃饭碗的真好，医保、社保、养老保险样样齐全，不像我们那会儿，一回家就什么都没了，还是你们吃饭碗的好，还有双休日，我们那时可是没日没夜地干，全县百分之六十的税收是我们厂里缴的，我们一千多人养活了全县一万五千多人包括离退休的干部职工……”看她说得有点激动，我不敢接她的话茬，我真怕她一下陷入下岗时那种心情的深渊里。

阿春说她早些时候还做过摆摊卖点的活，那个钱赚得不稳定，也没多少赚头，还常要在收摊后去捡破烂儿来添补家用，后来是那帮她煎鱼的老母亲和那脚后跟有严重增生的老父亲看不下去了，才把娘家这巴掌大的地方腾出来让她卖早餐，做早餐也是不得已的选择，再进厂吧，一把年纪又没特长，谁要？会要她这样的厂也肯定是效益不怎的的厂家，那样的收入怎么养家呢。按阿春的话说，一家几口人，一下床就哗哗地开始使钱，那钱比自来水流得还快，你只有赚得比自来水还要多的钱才能过日子呀！而且还得天天如此才能过下去，所以，阿春说，这做早餐多像自来水一样把钱流进来，流进她家的钱缸里，再由这里往外流回社会。她说钱都是借路经过的东西，没有谁留得住它。

我喜欢来这里还有一个近似职业病的理由，每天早上来阿春这里吃早餐的人特别多，作为一名新闻记者，我喜欢自己的工作从吃饭开始，边吃饭边观察这些行色匆匆的上班族，我从他们的脸上就能读出一种近似新闻的人生。这十几平方米的小店里挤上四个小方桌，外加一个菜橱两张放稀饭的条桌，已显得拥挤不堪。我几乎每天固定在紧靠洗手间的那张方桌上，这桌一面靠墙，坐这里可以把她店里的动静尽收眼底。紧挨旁边那桌总是那几个派出所的人，我看那些警察吃饭，总是三四个人挤在一桌，也像我一样一上就是一桌菜，几个人围在一起埋头苦吃，他们是刚上完夜班还是正要去上班，一看他们的眼睛和吃相就知道；他们刚吃完就有一个银行职员和另外两个公务员续坐在那张桌上，他们都吃得慢条斯理的，特别是那个银行职员，似乎每一口饭都不容许出错似的，就那么一口饭一口菜不紧不慢地吃着；在我正前方的那个方桌是几个正要上早班的商店女营业员，从她们的职业装就知道，她们吃得既节约又快速，一碗稀饭一碟小菜，三下五除二就走人；这桌再后面那是个矮方桌，经常来一些杂七杂八的人凑在一起，来也匆匆去也匆匆，阿春就要盯着这一桌人多看几眼；大门外的走廊下还有两三桌也总是座无虚席，再找不到座位的人干脆就站着吃，他们一样呼啦呼啦吃得特别香，这让我有点意外，阿春又没有特别的待客之道，也没有其他温馨服务，何以总是人满为患，看来人们图的还是这份可口的饭菜和实惠的价钱，包括那些前来打稀饭的客人，满满一大碗就收五毛钱，是没什么利可图的，阿春也从不对人甩脸色。

坐在我对面的和左边的是两个送孩子去幼儿园的年轻妈妈和她们的孩子，坐在对面那个年轻母亲长得一张经久耐看鹅蛋脸，看上去一脸的好脾气，总是轻声细语地催那个小女孩快点、再快点，而那个小女孩在妈妈的催促下一闪一闪那长睫毛的大眼睛，整个人儿像一个芭比娃娃，依然吃得很慢很慢；坐在旁边那是个小男孩，他总看不够那个芭比娃娃，还经常想用小手去摸她的小脸蛋，手一伸出去，就被他母亲用巴掌一拍，他就老实地吃一口妈妈塞来的那一大勺稀饭，又想和小女孩说点什么，又被妈妈一勺菜给封住嘴巴说不出来，芭比娃娃也总是应和着小男孩的好动节奏闪烁那清澈的大眼睛，两个年轻女人就这样在孩子的交流中偶尔对视几眼，很有礼貌地约束自己的孩子而不伤害对方。我知道她们是在家里上班的“家班族”，县城像她们这样从厂里领点电子板、串珠子的零活在家上班的人很多，虽然赚不了多少钱，添补家用又带孩子总是好的，日子也好打发。

对我这样一个想家的男人来说，每天跟她们一起吃早餐就有一个家的感觉，看她们就想起远在他乡的老婆孩子，就有瞬间飘入内心的温暖。到阿春店里吃早餐的桌位不是固定的，有时我去早了，看那两个位置空着，我知道她们马上会来，就赶紧用几碟小菜先占满这桌的各个方位，别人不知底细就不会“入侵”这张桌位了，看她们一来我就把菜撤回来，有时会得到她们温柔的回报，那是用温情的眼光送过来的，有两次她们也让孩子先占上我那个位置等我的到来，在早餐这匆忙的半个钟头里，这张桌几乎就这样被我们给固定了，就如一个素不相识的家庭早餐聚会，不是这张桌上的人是看不出这其中的奥秘的。有时我会觉得不好意思白白享受这份温暖，就和两个小孩子眉来眼去地做鬼脸，一来二去不出三天，这两个小孩子就不跟我生分了，我给他们碗里分别拨去两个鹌鹑蛋，刚开始他们母亲会很紧张的样子回让着，第二天早餐，她们的菜谱里就多了一道鹌鹑蛋，我又换着一碟肉松上来，我不吃肉松，我只用它哄两个素不相识的小孩子，等他们母亲又要了肉松回来，我又换了香肠上来，这样下去，他们母亲不再坚持了，就任由我们三个老小孩胡来。

其实，这些小孩子爱吃的东西我都知道，如果不离婚，如果他们母子还在身边，这些菜就是我那心爱的孩子最爱吃的，我都用它哄他五年了。记得半年前他们刚离开时，我还很不习惯地要了这几份菜上来，摆在眼前就听见他在欢叫:“爸爸，为什么这鸡蛋这么小?”

“这不是鸡蛋，是鹌鹑蛋。”

“那鹌鹑是不是长得和鸡一样？爸爸。”

如今，这甜甜的“爸爸”不知在哪个陌生男人的耳边回响，这一切都像阿春说的:“那么大的一家企业，就被一阵风一吹，说倒就倒了。”阿春的农机厂就是被“质量万里行”的东风吹倒的，我女人的水泥厂是让节能减排的春风吹倒的，也像阿春说的那样，由于企业连续亏损，连社保医保都不保了，这一倒，连这个家也倒了，那个心肠比水泥硬的女人，说声不连累我，就带着孩子硬和我分开了，现在我只有在早餐时，从别人那里讨来一份家的感觉与温暖。

但我不恨那个心比水泥硬的女人，只要分开能让她过得更好，要是她的水泥心肠能遇上水或者钢筋、沙石之类心肠的人就好了，让她一下凝固起一个不可摇撼的家庭堡垒，能让我的孩子不再过那风雨飘摇的日子，我就坚持着不去想他们。我也没时间多想，天天下乡，也不知道那些县领导为什么那么喜欢往乡镇钻，一钻就是一整天，无非是从这个乡镇到那个乡镇，和乡镇领导喝几杯茶，开几场会，再强调那么三四点要求，就是一天的工作，这样天天忙来忙去还是计生工作、农业生产、平安建设和工业税收这几大块，按说这也有各部门分管才对，哪能让领导这么分心，还要不要招商引资？要不要发展了？但我不去理会这些，我计较的是这些天天重复的新闻怎么做出新意来，怎么替领导在新闻里强调一、二、三、四个要点，把他的形象拍摄得光彩些，把他的威严描述得高大些就是我早上八点出门到晚上十二点回家前的全部工作，我想领导都想不过来，哪会有时间去想他们。

可是今天一来，我就发现桌上格局发生了变化，只剩下对面那个鹅蛋脸和芭比娃娃母女俩，旁边换了一个陌生的大男人坐在那里，让我们三个月来第一次感到那么局促，只有那大男人无拘无束吱溜有声地吃着，那芭比娃娃少了一个小伙伴，也明显乖多了，她不用妈妈催促也吃得老实多了。我已不容多想，只有半小时的早餐和准备时间，其实每天早上我差不多都像打仗一样，争分夺秒地过日子，我得提前三五分钟去等那个副书记的车，一道下乡去看西部农业，就是那五百亩的晒红烟长得怎样了，这才是我今天要操心的正事。

3

都已经半个月过去了，我和那芭比娃娃母女俩还没等到原来的“同伴”。阿春说他们可能不会来了吧，她说这话的语气带有打听的意思，其实我们也跟她一样心里没底，我们谁也不认识谁，谁知道那母子俩明天还是后天会来，人海中碰见的概率比两颗恒星相撞的概率大不了多少。阿春并不放弃地对我说："她都两个月没交早餐钱了，我以为你们是相识的。""不要紧，你就当我们是相识的，如果她还不来的话，那两个月的钱我来交。"我笑着对阿春说，说完，那个芭比娃娃的母亲又温柔地看我一眼。

阿春说完这话的第二天，她母子俩就来了，她一手紧紧拉着那个小男孩，生怕他会走丢似的，半个多月未见，小男孩好像变得畏缩起来，紧依在母亲的身后。母亲一脸疲倦地对阿春说："前些日子家里有事，我今天来付早餐钱，以后我就不来了。"阿春半开玩笑地对这母子俩说："为什么不来了呢，是不是我早餐不好吃。"说完，她还摸了一下小男孩的头。小男孩似有委屈地缩了一下头，紧紧地抱住母亲的一条腿说："我爸爸死了，妈妈要把我送回外婆家念书。"说完就要哭的样子。

从他母亲跟阿春絮絮叨叨的交谈中，我知道她男人是位跑长途的司机，半个多月前在龙岩出车祸走了，车主说赔付她母子二三十万，还不如到监狱里蹲几年，所以，她虽然胜诉了，却一分钱也没拿到，她不能在家安心地串珠子了，她要上班赚钱来维持母子俩的生活。听她淡淡说起这半个多月来的家庭变故，我和对面那鹅蛋脸女人都瞪大了眼睛，阿春就在这时做出一个惊人的决定，她对这位伤心的母亲说："我看孩子还是不要送回乡下去，到乡下读不了什么书，如果你不嫌累，我那个打杂的过两天就要走，你来帮我干一段时间，基本上也能维持你们两人的生活，先过渡一下，人生没有过不去的坎。"

次日早上，我就看到她代替了那个杂工，蹲在那里洗洗涮涮，头埋得低低的。她的孩子在门口那张小方桌上吃饭，我走上前去拉了一下小男孩说：“过来跟叔叔一起吃饭。”小男孩看了一眼正在刷碗的母亲，母亲没抬头，也没说话，只抬了一下胳膊抹了一下眼睛，我不管这些细节，我把小男孩又抱回属于我们的那张桌上。看他回到座位上，那个芭比娃娃又开心起来，连她的母亲也几次帮着擦那洒在桌面的稀饭，有时又擦擦他的嘴角，跟对自己的孩子一样细致，这张桌上，少了小男孩的母亲一块坐在桌上，好像缺了一角似的，坐得不圆满，芭比娃娃的母亲想到我的前面去了，她干脆把两个孩子放在一起，我也暗暗地配合她，两个大人和两个孩子一起要把这张桌围得圆一些，不再让陌生的东西挤进来。等到两个孩子吃完饭时，那个鹅蛋脸母亲走上前去问小男孩母亲：“咱们的孩子在同一个幼儿园，我一块儿送去吧！”小男孩的母亲抬起头来，连忙拉过自己的孩子向芭比娃娃的母亲说：“谢谢阿姨，谢谢阿姨。”

4

时间长了，我发现到阿春店里来吃早餐的人，有两波高峰期，第一波高峰是七点前后要上学的那帮中小学生，这一拨人吃饭像打仗，一窝蜂拥上来谁也不让谁；第二拨是八点前后的上班族，还有上幼儿园的家长和孩子，秩序稍好一点，这两个时段阿春是一步也不离小店的。没事做的时候我一般会错开那两波高峰期，那个星期六，我去迟了一些，大概是早晨九点钟的光景，我发现阿春不在小店里，这让我很纳闷，第二天我去早了半个钟头，阿春正拎个保温桶要出门，见我来了，她冲我笑了一下，就骑着自行车走了，她知道，像我这样的固定客她根本不用招呼，店里留个人就行了。跟昨天一样，我还没吃完早餐她就回来了。我问她去哪里，她还是笑而不答，但我看得出来，她的笑容里一定藏着一个谜，这谜似乎有种力量在牵扯着我的心。

从这以后，我留个心眼，发现阿春每天差不多准时在这个时间拎个保温桶离开小店，一种职业的好奇心促使我想揭开她那笑而不答的谜底，我决定在另一个周末带上摄像机，把自己记者这个角色变成一个侦探，或者是记者兼侦探，我想这两个角色并不矛盾，都需要新鲜事物来不断地刺激自己，说不定能发现好新闻呢。当然，我要带那套做暗访的家伙，才不会吓着她。

我把这决定在脑海里反复酝酿，觉得比做任何一条新闻采访的策划都要周密时，就悄悄地跟在阿春的身后，跟她穿过繁华的延安街，再到无比拥挤的红旗路，阿春的身影小得就像一只穿梭的蚂蚁，一下没入滚滚的人流中，如果你对她不留意，谁会知道这是只早晨出来觅食的蚂蚁。我必须和她保持距离，才不会惊吓到这只匆忙的蚂蚁，看她蹬蹬蹬地冲上农机厂的宿舍楼，这幢宿舍楼已非常老旧，只有那贴有马赛克的外墙告诉人们，这曾经代表20世纪80年代流行主调，如今这一切是多么的过时，连同那木框玻璃窗，有几扇朝街开的后窗还不知被哪阵风吹落了几块玻璃。听阿春的脚步节奏非常快，一直冲到四楼，我也跟着冲上四楼。

跟到要揭开谜底时，我心情顿时莫名其妙地紧张起来，比经历任何一个大场面都紧张。好在阿春走路是从不回头看的，直到她砰的一声拉上纱门进到中间那宿舍里，我才有机会在楼梯里深吸一口气，调整一下情绪，我必须装着路过或找人的样子，才不会让阿春怀疑我有什么企图。尽管做了充分的心理准备，当我探头朝里张望时，还是被那张近似恐怖而又狰狞的脸吓得连连后退几步，我怀疑自己肯定是碰上“鬼”了。那是怎样的一张面孔呀，我相信是世界上所有的人都不愿再看一眼的脸，两个眼珠严重外翻，一张永远合不拢的嘴还露着一副要吃人似的牙齿，这两样器官再加上那整张烧焦、扭曲变形的脸，胆小的人见了肯定会吓出病来。

阿春把两个保温桶放在桌上，转身惊诧地看着我这个不速之客，讪讪地问了一句:“你怎么来了？”我赶紧编个替亲戚租房的谎言搪塞她。

“你婆婆？”我努力从嘴角挤个微笑故作镇定地看着她们问。阿春也笑着摇摇头，看我一头雾水的样子，不避闲地说:“她比我还小两岁，怎会是我婆婆。”“是你妹？”阿春又摇摇头，我听了更加糊涂了，阿春看我一脸好奇的样子，就说了一句:“她比我的亲人还亲哪！”

5

原来这个一脸狰狞的人叫阿玉，是阿春的好邻居也是好姐妹，阿春孩子两岁那年，他们还都住在乡下，阿春夫妻俩把孩子寄养在乡下娘家。一天，阿春娘家突遭大火，他夫妻俩当时还在厂里上班，哪知道家中失火的事情，那天左右邻居只有阿玉刚好在家睡午觉，她都冲出来了，听到孩子的哭声，又不顾一切地冲进去，当她要再次冲出来时，刚好一根烧焦的房梁砸下来，是阿玉用身子死死地护着阿春的孩子，被人救出来时，阿春的孩子毫发未损，阿玉却成这模样了，从那以后她们就成了一家人。阿春看似轻描淡写地说着阿玉的过去，我看她眼里却蓄满泪水。

“其实她什么都好好的，就是不见人。”说着阿春说让我看一张相片，那是一张清秀的脸，阿春说这就是年轻时的阿玉。

在我短暂的停留中，阿玉始终背过脸去，不让我再看她一眼。

桐花白

三月，桐子花一开，一树的白，春天就明丽得晃眼了。

桐花开，杜鹃花、金银花就跟着次第开了，开得漫山金光潋滟；鹧鸪也在山头上叫欢了，山上桂竹仔笋出泥了，小石榴的心开始痒了。

但今年不同于往年，今年那头牛母养犊了，爷说，要让牛母坐满三个月的月子，才许赶到山上放养。小石榴最听爷的话，她把牛牵到村口拴到那棵大桐树下，这里有一块平坦的草铺，又凉快又舒适，最适合那头小牛犊撒欢了。

草铺跟前是一湾碧绿的潭水。那是村庄一面明净的镜子。只要微风吹来，溪边的绿竹会在潭水中跳起舞来，好看极了。

小石榴看着眼前小牛犊蹦蹦跳跳，她心也跟着高高低低地欢跳着。一只黄蜻蜓飞过来，停在一根小树枝上，小石榴蹑手蹑脚地跟过去，刚走近，它就飞走了，停在牛母背上，她还没跑过去，小牛犊就先跑过去了，又把它惊飞到一朵桐花上。

小石榴坐在草地上呆呆地想，待会儿我一定会捉住你，看你往哪儿飞。爷就成天说她到处乱飞，满天地飞，可是不行，爷在村里喊一嗓子：小石榴！她就自动地飞到爷的跟前，她飞不出爷的眼睛。

有风走过，一抬头，一树的桐花正开得像隔壁桂花嫂怀中阿弟的笑脸，朵朵迎风绽放，翻开五瓣雪白的花瓣，又很像桂花嫂大孩子手中的风车。用一张雪白的作业纸折下来的，扎根铁竺萁，走起来它就随风转起来了。小石榴没上过学，学校在另一座山背面的大村庄里，爷说她还小，去不了那么远的地方上学，再过几年她长高了，腿长了，就可以翻山越岭去上学了。桂花嫂放风车的孩子比她还小，家里让他住在学校里，星期末才把他接回家，任他自由地放风车。

几朵桐花悠悠地落下来，像风车一样旋转着飞落下来，比那只蜻蜓在空中走走停停地飞美多了。小石榴飞快地上前，张开手掌要盛住飘落的桐花，风走过，花落得多了，让她应接不暇，像梨花一样一树飘落，一地素白。她仿佛听见它们落地的声音，像月光哨的一声爬上山头一样，很轻，很近，又很远的声音。她曾在梦中听见荷花盛开的声音，就像鱼儿一样对着水面啵了一口，一朵荷花就对着月光盛开了。第二天她拉着爷一块到池塘边看，果真一池的荷花都开了，也跟桐花一样的白。

爷说，世上的花朵都是天仙的眼泪，仙女就住在花朵里面，花落了，仙女就含泪走了。她似懂非懂地点点头。她不能让这一树的仙女一下子都飞走了，更不能让她们摔落在地上。爷说她娘也像个天仙一样，桐子花一开就飞走了，再也没有回来。她问爷说，她爹呢？爷一下沉默在他烙红的烟筒上，久久没有回答。一次，爷带她到一个山坡上，指着一个长满杜鹃花的小土包说：小石榴，这就是你爹！她知道爹也一定躲在杜鹃花里。杜鹃花开红似血，她知道那是爹看到她来，他在地里流泪呢。所以，爷每年往土包上留下很多纸给爹擦泪，想到这她总会鼻子酸酸的。

小牛犊淘气，又开始撒欢乱蹦乱跳，朵朵桐花都被它踩成了泥。小石榴心疼死了，她拾起小竹鞭要打小牛犊，牛母回过头来哞了一声，谁不疼自己的孩子呢！小牛犊欢快地跑到母亲身边，一头钻到牛母后腿间吃奶。小牛犊甜滋滋地吮着母亲生命的汁液，嘴角冒着奶泡，空气中飘着奶香。她轻轻上前抚摸它的后背，像抚摸桂花嫂怀中的孩子一样轻柔。小牛犊长得可比人快多了，两个多月开始长出两颗乳牙了，像山间刚出泥的桂竹仔笋，很有力地往上冒。

小石榴感觉没见过自己的母亲，从小跟爷在一块，她想她小的时候可能也跟小牛犊一样吃过母亲的奶，一想到这，她笑了，感觉跟此时的小牛犊一样幸福。以前爷会带着她走东家串西户，给人家打家具，造新房了。一根木料放在鞍马上，爷会叫她从墨斗抽出墨线，扎在爷画好的另一端的黑点上，爷在这一端拎起墨线一弹，长长的木料上会留下直直的一条黑线，爷的斧子就顺着这条黑线，一路劈砍过去，一根木料一下就成形了，当房梁，当柱子就有了笔挺的身姿。一把沉重的斧子在爷的手中上下翻飞，他能神奇地劈出各种东西。比村里梅林哥手中那根画笔还神奇，最神奇的还是他手中的刨子，他能从粗糙的木板上刨出一页页比纸还薄的刨花，卷成一个个圆圆的筒，爷有时还会捡起刨花，画两个小黑圈，说：喏，给你眼镜。她戴在脸上，看爷不断地刨出一个个光鲜的眼镜，落在地上，像是天上挂满金黄色的星星。活结束时，经常会有东家请爷吃酒。爷一吃酒，腮帮酡红酡红的，像年画上的那个仙翁。这时候爷是最快乐的，爷一头挑着家什，另一头挑着她乘着月色回家时，快乐的爷就一路唱着歌回家：

“月光光，秀才郎，骑白马，过莲塘，莲塘背，种韭菜，韭菜花，结亲家。亲家门口一口塘，蓄个鲤鲼八尺长，鲤鲼背上承灯盏，鲤鲼肚里做学堂，做个学堂四四方，掌牛犊子读文章，读得文章马又走，一走走到伯公坳。伯公坳上讨姑娘，讨个姑娘矮笃笃，煮个饭子香饽饽，讨个姑娘高天天，煮个饭子臭火烟。”

爷唱着唱着，就把她唱到梦里去了，什么时候到家，为什么会睡在谷仓上面的铺盖上，她都不知道，第二天清晨，有时月光还挂在西山的树梢上，爷又挑着她出发了。直到前几年，爷挑不动她了，爷的全身关节疼得厉害，背弯成一张弓，各个手指曲得再也握不牢斧子刨子，整只手曲得像个舀饭的大木勺子，再也没人敢请爷去做活了，爷就买了这头牛母回来，它刚来时还是一只小牛牛，三年后第一次产下小牛犊，爷说以后就靠它过日子了。

其实爷在家也没闲着，他一天到晚还在忙活着箍盆，箍水桶，偶尔也帮人家修补一下风柜、打谷桶之类的。人家都夸爷的活做得精细，说爷箍的盆和桶就是几辈子也坏不了。她看爷箍的那只大杀猪盆，用一根根老树桩锯成一片片的板，再刨光，每一片板上打上两个小眼，契进一寸长的老竹钉，一片片的板就被串成一个盆；再用两圈大铁圈箍紧，再上个盆底，一个盆就做成了。爷做的盆特别厚实，他还要加一道工序，每一件做好的盆和桶，爷都要上几遍桐油，爷说，吃过桐油的家什，不渗水，百十年也不腐烂。爷箍好的盆和水桶堆满她家的整个楼间，赶上圩日好气候，爷就会挑几件到集市上卖，这些年买的人少了，大家都爱买塑料桶塑料盆，那颜色鲜艳好看又便宜，但爷说那东西不厚实，也不经用，爷说正经过日子的人家还是会买他的手艺。

有次爷问她说：鬼灵精，要是爷走了，你要怎么办呢？她随口说：爷你什么时候要走？爷说等到桐子花开时就走。她说，爷你永远不会走，这时候的桐树不会开花。爷摸了摸她的头说：爷总是会走的，爷走了，这一间的盆和桶你慢慢地挑到集市上卖，也够你开销好几年了。她说：爷，你要去哪里，你不会像娘一样一走再也不回来吧！爷说他要去一个很远很远的地方，不知道能不能走回来。小石榴哭了，她说爷你不能走，爷走了，小石榴会害怕，晚上老鼠叽叽叽地从房梁上走，她怕老鼠会下来咬她的鼻子，咬她的眼睛，咬她的耳朵……爷说着说着，也哭了，他告诉她：其实爷走了，就住在月光上，每天晚上都会来看她，她从天井往天上一看，就知道爷在月光上看她。

那天晚上，小石榴梦见爷带着她，一块住在月光上。月光上有一座爷建的小房子。她亲眼见爷前些日子往那小房子上桐油，爷说这是第六遍油，等上了七遍油时，这座将来爷要永久居住的小房子，就再也不会有虫来蛀了，就是放在水里浸上百年也不会渗水。爷这座小房子就搁在楼间一个角落里，爷在买来这头牛母前就建好了。爷说那是他爷亲手种的一棵老杉树，就种在她家屋角的自家园地里，有一百多岁了。那棵老杉树好大啊，爷一人也抱不来。爷砍树也奇怪，他不用锯子锯倒它，而是先用锄头挖开树根，再连根一一把它砍断，放倒，那棵老杉树被爷锯成好多段，令她感到奇怪的是，爷这次不急着剥树皮，而是请人把它运到一间用油纸封好的小屋里，用一个大油桶装水，往小屋里煮老杉树，足足煮了三天三夜，不知煮干了多少桶水。爷说山上来的木头都有虫，只有煮它几个日夜，木头里的虫才会被煮死。等到那些木头在小屋里阴干后，爷剥去树皮，他把树头那一段留给自己造小房子。

爷要造小房子时，显得很神秘，关起门来不让外人看，特别不让那些婆娘们看，挺着大肚皮更是不让看。村里木来公跟爷最好，爷只请来木来公帮他从树根处锯开一块板，爷说这块板是他小房子的屋顶。他把这块板刨光，那树根头高高翘起，真有点像关帝庙的屋脊。剩下的爷把它锯成两块跟房顶一样的厚侧板，树芯被他锯成两块三寸厚板，用凿子把两块侧板凿出一个凹槽来，所有的木板里外一一刨光，用一块三寸厚板铺底，两头封上两块厚板，像两道水闸，一个大槽就拼起来了。像一个小仓箱，这里面不要说住爷一个人，就连她一块住进去也足够大了。爷在一个深夜把他的小房子搬进楼间搁起来，开始给它上油，整个小房子像只小船，金黄色。

小石榴说：爷，还剩下好多树料，干嘛不帮她也造一个小房子？爷说：你还小，将来可以住金碧辉煌的大厦。她说要么爷陪她一块住大厦，要么她陪爷住爷的小房子。爷说你这鬼精灵，爷帮你打套家具吧，不然将来你住进空空的大厦里，缺东少西的怎么过日子。爷用剩下的树料先为她打了一张床，这张床比起爷的那个小房子来可谓是大厦了。有三面屏风，还有木板床顶，爷在屏风和床顶上雕刻了非常多精美的图案，有百鸟朝凤，喜鹊闹春，鸳鸯戏水。最难的是在帘帐上屏爷雕了两只全镂空的双狮戏球，那是爷用自己枕了几十年那段枕木雕成的，爷说这是他年轻时去一个大户人家做活时，主人家赏他的一段降香木，金贵得很，爷舍不得用，一辈子把它枕在头下。爷把它锯成两段，细细地雕镂了半年工夫，终于雕成两只狮子，有鼻子有眼，卷起的舌头还含着一颗珠子，无比玲珑又拿不出来，两只狮子各抬起一只脚，同时在争抢一粒大绣球，无比玲珑生动。爷还帮她打了一架梳妆台，一张大立柜，还有两只大箱子。做完这些，爷说他的全部手艺都留在上面了，他再也做不动了，就把他做活的家什全部封起来。

这些天，爷哪里也去不了，他就搬张小凳子坐在村头晒太阳，他看见村口一树桐花白得晃眼，竟沉沉地睡着了。有时他会猛不丁地醒来说：小石榴，你娘回家了。小石榴高兴地问：爷，娘在哪里？爷揉揉眼睛说：哦，是我在做梦哩！梦见你娘回来了。爷，你在梦里有没有见到爹？爷缓缓地说：快了，就要见到了！那他为啥不回来看爷，也不回来看小石榴？哦，他在山上睡得太沉，醒不过来！娘去哪里了？爷半天没有回答。最后爷说娘去了一个能看见大海的地方，她说每年桐子花时节就会回来！她问爷说，娘是不是长得和桂花嫂一样好看？爷说，不，你娘比桂花嫂还要好看，脸和桐花一样的白，眼睛像那汪潭水一样的清亮，手比梭子还灵巧，她简直就是仙女下凡。

唉！仙女都和花一样，好看不长久。爷叹了一口气。

小石榴想，这些天爷天天坐村头，可能是等娘回家。她也希望娘早日回家，娘再不回家，爷真的要走了。

她不能让小牛犊再糟踏这满地的桐花，小石榴冒出一个念头，她要把满地的桐花拾兜起来，撒在村前溪面上。爷说世上的溪流都流向大海，她想把这一地的桐花都撒到溪流中去，让它们飘向大海，娘看到桐花就会早点回来。她蹲在地上捡啊捡，每一朵桐花都是爷的眼睛，爷的希望。她把拾来的朵朵桐花都堆放在草铺的角落里。小牛犊吃完奶又开始撒欢了。它走到一堆桐花旁嗅了嗅，还用舌头舔了舔花朵，小石榴回头看了吃了一惊，这不听使唤的小牛犊，简直是个坏蛋，小主人一声吆喝，它竟朝那堆桐花上踩过去，四蹄踏花而去。

这该遭人打的小牛犊把爷的梦踏碎了，小石榴哭了。她想狠狠地责罚一下它，但她又不敢，爷说小牛犊是她和爷的全部希望，她急得自己干抹眼泪。这时，她听到一帮小伙伴在唱歌：

“正月李花白，二月桃花开，三月桐花朵朵白……”

是村里一帮和她一般大的孩子放学回家了，斜晖正挂在天边的树梢上。她希望有风重新走过，风却停了，停在天边的斜晖里。她不能再等了，上前抱着这棵大桐树使劲地摇呀摇，她要把这一树的桐花都摇落下来。但这棵树太大了，她人太小，树纹丝不动，一朵桐花也没飘落下来。牛母还在悠闲地吃她割来的青草，长长的牛尾如一把柔软的鸡毛掸子，来回拍在自己的牛背上。她上前摸摸牛母的头，牛母抬起头来，好像在听她差遣似的。她牵着牛鼻子往大桐树边靠，小石榴爬到牛背上，站起来，一下抓到两枝桐树枝，她使劲一摇，桐花朵朵飘落，如一场缤纷的雪，落在地上，落在草丛里，也落在牛背上。她开心极了，她干脆爬到桐树上，她想把这一树的桐花都摇落下来。

她轻盈地爬到第一盏树冠上，轻轻一摇晃，一树桐花如骤雨落下；她接着爬到第二层树冠上，再一摇晃，朵朵桐花如鹅毛细雨，飘飘洒洒，落在地上，落在草丛里，落在牛背上，还落在溪面上，缓缓随流水飘走，映着余晖金光灿烂。小石榴高兴得仿佛看见自己的娘，站在海边看着飘来的桐花，对着桐花落泪了。她干脆爬到顶层树冠上，顶层的花更密，她想把顶层的桐花也摇落到溪面上，她兴高采烈地晃呀摇，摇呀晃，如蝴蝶般轻盈得上下翻涌，一棵桐树在她脚下摇摆得厉害，如一场凌乱的雨，四溅飞逃，一朵朵都飘落在溪流中，慢慢飘向远方的大海。

噼啪一声响，桐树枝断了，小石榴觉得轻得飞起来了，飞起来了，像一颗流星划过夜空一样疾速地飞起来，一直向溪流飞去。

“正月李花白，二月桃花开，三月桐花朵朵白……”

爷听着这帮孩子的唱歌，他仿佛在睡梦中听到小石榴的呼喊：爷，我一定把娘给叫回来。

烟消云散

李斌拉着文丽的手没入霓虹的人流中。远远地看去，这河滨路散步的人流，多像搬家的蚂蚁，穿梭不停。

李斌和文丽走得大步流星，好像有点争分夺秒的意思。仔细一想，还真是这样，孩子小，他俩只能等他做完作业，上床睡觉了才能安心出来散步。好像每天醒来，眼睛一睁开，时间就变得争分夺秒，日子过得跟打仗一样紧张。可不是嘛，距上次出来散步都过去一个多月了。对，上次就是为房子吵架的。他说要买就买“吉祥花园”，新楼盘，又处新城规划区，有前景，还便宜，就是离市中心稍有几公里的距离。和她说的“天地人和”天价小区一比，不但能省下一大笔装修费，还足够买两辆凯美瑞轿车，他说这多美的事，不就多走几步路嘛，有车还嫌远吗？她吼他说，不，要买就买最贵的！其实他知道，她是为孩子买将来。

按区位，在“天地人和”孩子可以上实小，而“吉祥花园”的学校还在规划之中。

这一个月过去了，他跑下二十五万保单，成了六星级人物，除了点数，单位额外奖两万五，本月进帐就该有五万元了，这几乎是他以前全年的收入。这除了天道酬勤的原因外，更主要是靠他的执着和运气。他小学时的一位同学，现在是一家企业集团的老总，他不怕掉价，不怕被人瞧不起，跟他软磨硬泡，保险业务员都要有这本事才行，就先拿下他一个子公司的全部保单二十五万。

老婆还在他们以前的学校当老师，这月也不错，她被评上市级名师，调高了一档工资，真是好事成双，他们心情觉得格外好，早早哄孩子入睡后，她深情地说，出去走走吧！他接收到她脉脉深情的全部信息，两人手拉手增氧运动去了。

他说我想通了，就“天地人和”，明天周末干脆一家子都去看，合适就下手。她说可以，以后他负责按揭，她负责家庭生活，一挑担子两肩挑，但分工一定要明确。他说这不公平，这每月的按揭五六千元，家庭开销顶多不超过三千元。这叫女主内男主外嘛！李斌经不住文丽发嗲的温柔，也是说说而已。

沿溪两岸高楼林立，这条牛头溪是开发商最好的天然条件，河滨花园、康桥丽水、锦绣港湾、沙洲之尚、在水一方，每一个楼盘都做足了水文章，这溪水给开发商带来滚滚财源，从河滨花园的楼价一千五，到今天在水一方均价六千三，前后不过是三年的时间。

李斌感慨地说，买房子就是买决心，决心一下，你买了，扔那几年也是稳赚的事，钱留在口袋里总是会蒸发，一通胀，就蒸发得更快，一万就变成几千，甚至几百，所以我们明天看准就定下！

李斌一路上碰上不少熟人，其实都是他这几年发展的客户，每见一个熟人，他都先举手致意。文丽有点不悦，她说你干嘛热情这么高涨，眼睛躲一躲，低头和我说说话不就擦身过去了，见一个投降一次，见一个投降一次，真不省心。文丽把自己男人向他人挥手叫投降。李斌说他不先投降行吗？那些可都是他的财神爷啊！人跟人之间你可以昂起高傲的头颅，见了金钱，再高傲的头颅也会两眼放绿光，那是房子，那是生活，那是我们明天的“天地人和”……

李斌还想展开他业务员的口才，文丽说行了，少在这里朗诵歌剧。以前他们师范毕业典礼晚会上，他俩就合作过歌剧《高贵的头颅》，不提起他们都忘了。

一阵晚风拂来，溪面波光潋滟，街上三三两两，灯火阑珊。在水一方的工地上还一片忙碌，吊塔抓小鸡似的把一捆钢筋抓到二十层的高空，这片高楼拔地而起，比小孩子堆积木还快，前后不过几个月时间，那一片郁郁葱葱田野就变成摩天大楼了。文丽说造房比变法戏还简单，李斌说是，这一切很魔幻。突然间怎么会想到魔幻这词，李斌心里闪过一丝念头。上前拉住文丽的手，文丽嫌他刚才擤了一下鼻涕，甩开他，他一生气紧向前走。

远远走来一个魁梧的身影，颤悠悠拄着一根拐杖，走起路来像个从小得小儿麻痹症的人，左脚往前迈一步，右脚被牵引一般很机械地跟上一步。这人正是他以前的贾校长，正是贾校长的一份报告，让他不得不辞职下海，专职干他的业务员。这也难怪，从文丽来学校那天起，他们就莫名其妙地结上死仇，几年下来，李斌寸步不离地守着他的爱情领地，总算没被入侵。而对方也有斩获，他原为爱情创造了优越的条件，最后竟成了他仕途的晋升台阶。从老师到副校长，再到校长，每一次升迁他都觉得离爱情近了一步，最后发展到酒桌上一决雌雄。

你能给她什么好，一碗咸菜能谈爱情吗？

我能给她的幸福，不是酒肉也不是权力能换来的。

好！啥也不说了，一人一瓶莲花白！

咕咚咕咚咕咚，转眼间两瓶五十几度的莲花白见底，嘭——啪——，一地的碎玻璃。又唤上两瓶莲花白，店家说没了，他们就换四特酒，比莲花白还高几度。文丽闻讯赶来时，他们早已溜到桌底下划拳赌输赢了。文丽一听他俩正在赌自己给谁当老婆。

文丽没闹也没劝更没给他们当裁判，转身拎来一桶冷水浇到他们身上，最后在众人哄笑声中抬回学校。第三天，李斌比对方先醒过来，等到他们都醒过来后，文丽说她还是决定嫁给先醒过来的那个人。贾校长没想到自己会输在这上面，从此与酒结缘更深了。他对文丽和李斌说：

我不会输，我会赢很多很多给你们看！

校长的话没明说，谁知道他是说赢在能力上，还是赢在他说的比咸菜更丰盛的菜谱上，他们领教他的厉害是他的铁面无私一面，他们俩的一举一动都得按规章制度办事，一毫一厘也闪失不得。李斌当然不认输，一个男人绝不能让另一个男人看穿脊梁骨，男人就得顶天立地，被自己情敌看扁了这辈子如何抬头做人。就在那时，平安保险像春燕一样飞进百姓家，中学有个老师兼职做了业务员，他到李斌的宿舍来游说，保单没签下，李斌却跟他一心一意跑保单去了。李斌一走，贾校长很快也高升了，到镇里当宣委，官更大了，大到管得着他后任的校长。李斌听说，他后来之所以停止在宣委的位置上，说白了还是他的酒量不争气，有一次大领导回乡下省亲，他赶去拜谒，最后喝高了躺在回家的野地里，人家发现他时就成这样子了。

贾校长的眼睛还没躲开，李斌就先向他举手“投降”了。

“校长您老人家可要保重龙体呀！有身体才有一切，啊！”

他的声音腻得让人听了恶心。贾校长有点迟钝，但还是反应过来了。

“放心，好兄弟，到哪里我都忘不了你、你，就是先走了，我也会替你占个好位置，你这辈子就输在这里，不然你何苦连工作都丢了。”他说得叽叽歪歪，涎水顺着嘴角流下来，看了实在恶心。

李斌还要纠缠几句，文丽已从背后推了一把。

无聊！她说。

身后传来咿咿呀呀含混不清的声音，说不清是愤怒是怨恨还是激动，随着一阵晚风飘得无影无踪。水面上，高楼投影都变了形，那摇摆的吊塔像从夜空投下的巨爪，吞噬无边的空洞……

“碎心楼”传来几个醉汉发疯似的怒吼，他们把“醉心楼”经常读成“碎心楼”，路边的公厕连门都被发疯的人踹烂了，早已被几块木板给封死了。一个老者转过身去直接浇到花草上。他们把脸别向高处，文丽发现吊塔抓起一吊水泥，像圆规一样在夜空下划了一个圆，突然，那吊塔向一方倾斜下去，越垂越低，就要倒下来，倒下来，文丽莫名惊慌地狂奔起来，她边跑边喊：快跑、快跑，要倒了、要倒了……

李斌也跟着莫名其妙地飞跑，一直跑到文丽蹲在地上喊肚子疼。李斌说，跑什么啊跑，发疯似的。

刚才那好像要倒的样子，这会它又好了，吓死我了。文丽说。

大惊小怪，地球每天都地震，你干脆别住在地球上。

不，刚才吊塔真的朝那方向倾斜了，真要倒下来，太真实了，比看 3D 魔幻片还恐怖。

他们走到眼前的延寿桥，这样的石拱桥逐渐少了，桥两端都立了两个大水泥墩，限重车通行。LED 夜景观灯一闪一闪之下，文丽说她发现桥洞里躲着一个人。李斌说她真是少见多怪，那不是乞丐就是疯子，要么是一个不回家的人。文丽说都不是，她看了是个小孩。为刚才的教训，他们折回看清了是个小女孩，叼着烟，也就初中生的样子。

文丽一脸同情一脸惊讶地看着李斌，说看她有点眼熟。李斌说现在的孩子都学坏了，管不着，就拉着文丽走开了。对岸的工地也如火如荼挑灯夜战，铲车张着血盆大口，哗啦一下，小石子山就凹下一个大坑，小山丘上小石子无序地滚落。铲车把满斗石子举上一个搅拌机的漏斗里，搅拌机再把它和水泥加上水一搅和，浇筑在钢筋上，就成了一个牢不可破的人类碉堡，再一层层摞上去，就成了摩天大楼。文丽说现在建大楼比吃豆腐还容易。

两辆载沙车飞驰而来，迷天的烟尘滚滚而来。李斌拉着衣领捂着口鼻回头对文丽说，别说话，快走！李斌飞快地向前走，他要以最快的速度穿越这迷天的烟尘。一转身，文丽不见了！这怎么可能呢？

文丽真的不见了。

李斌想她可能躲在烟尘后面，等烟消云散之后就会赶上来，他干脆站在路边等。溪面的风吹来有点凉，匆忙的脚步擦肩接踵而过，他都忘记该礼貌地先向客户举手“投降”，回望刚才烟尘处，早已尘埃落定，哪有文丽的身影。一瞬间的事情，文丽真的不见了，比变法戏还快，就一阵烟尘掀起，一个大活人没了！

李斌心里闪过一丝不祥之感，难道会有什么闪失？他赶紧返回刚才让她捂鼻子的地方，就在那棵凤凰树下，轰隆隆的搅拌机已经停止转动，几个工人准备收摊歇息了，街上行人渐少，极目所及一里开外，连个人影都没见着。难道那两辆载沙车会吃人，吐出一阵烟尘之后，连根骨头都不见了。李斌有点不信任地朝地上看，起码地上应该有血迹吧，就是随烟尘飞起来，这时也应该躺在地上呻吟抽搐才对，这会儿竟一丝遗迹都没有，只有渐浓的夜色向他罩过来，李斌开始惊疑起来。

远处响起爆竹声，县城每一场社戏都会放爆竹，李斌在心里说，今晚的戏落幕了！

李斌想，她或许走到前头也未可知，说不定她就在前头等他呢，又折回来。走到和平桥头，他想，以这短暂的片刻之间，如果她先走出烟尘迷障，也应该在这最醒目的地方等他才是，他刚才路过的甘蔗摊也收摊了，他开始小声呼喊文丽，逐渐加大嗓门呼喊，简直成了一个寻找孩子的发疯家长。他想，这清凉如水的夜空，连天上的北斗星都应该听得见，如果文丽在人间的话，她肯定也听得见，李斌急得汗都冒出来了。

报警？他觉得不妥，一个大活人，刚才还手牵手一块散步，一眨眼工夫，人不见了，无影无踪，谁信呢？只有一种可能，他是贼喊捉贼，他立马就会成了嫌疑人接受审讯。

那真的不见了，不报警，最迟明天，他也必将成嫌疑人在 110 的审讯室里，情杀？仇杀？另有新欢？百口莫辩。

他眼泪都要下来了。他又原路返回寻找他的文丽。他觉得刚才是寻找妻子，现在是寻找清白了，只要路上有文丽的蛛丝马迹，他就说得清，如果还说不清真相那是警察的无能。不行，我要跟丈母娘先通个气，结婚这么多年来，只有丈母娘知道他有多疼她的女儿，她肯定相信女婿的话。李斌想跟在遥远乡下的丈母娘通电话，转而又放弃了。这跟报警有区别吗？他跟丈母娘说得清吗？如果说得清，还不如报警，让警察及时帮忙找人才是正事。这时候他觉得自己需要一个站得住的理由，不然跳进黄河也洗不清。

李斌对着牛头溪大喊，文丽，你让外星人弄走了嘛，就是要走，你也得吭一声呀，连个屁都不放一个算什么事嘛，我上辈子欠你啦，你混球一个，你害死人……

有几个路人远远地躲着他，看他在那儿手舞足蹈地大喊大叫。贾校长用拐杖指着说，一个疯子有什么好看的。众人走开了，溪边那棵凤凰树下留下一个疯子在大吼大叫着。

路边走来一个衣衫褴褛的疯子，昂首阔步地唱着歌：我是你爸爸，挣钱为你花，买了一个乒乓球，花了三毛八！

他觉得眼前一热，这不是红楼梦里的空空道人吗？他上前问好，疯子依旧昂首阔步唱着歌，不理他。他上前高声唱和：师傅，世人只晓神仙好，只有金钱忘不了……

疯子停下脚步，一拍他的肩膀说：老李，你在这里。接着他也唱起歌来：世人都晓神仙好，只有娇妻忘不了……

第二天，文丽哭着对警察说：就一阵迷天烟尘，她往回跑了，后来她想起了电视上的寻人启事，那是她远方一个亲戚的孩子离家出走，她没命地跑回延寿桥找那个抽烟的小女孩，结果丈夫丢了，听说跟一个神经病走了。

哦，就一阵迷天烟尘，那烟消云散之后的事呢？你再想想。警察问道。

……

杰姆的青春

不知小区谁家的好事，一串鞭炮噼里啪啦炸响小区一天的清晨。小县城总有莫名其妙的鞭炮响起。而有时清晨可能开始于窗外树上的小鸟，或开始于那棵绿荫参天的榕树。城里没有森林，这零星的绿荫就是小鸟很好的家了，就像惠不可能住在以前乡下那样有天有地的独家院落里一样，她只能契进小区高楼某一层里作窝安家。

“吵死了！”惠在卧室里呵斥家里汪汪直叫的杰姆。一串鞭炮，再一阵狗吠，小区就开始一天的早晨了。最先起来的是惠的对门邻居吴阿姨，这个退休老太太每天都要起来晨练，五点半，非常准时。惠的杰姆也非常准时，总在这个时刻像设定的闹钟一样准时地一阵汪汪直吠，它也要到小区楼下溜一小圈，也有一些生理性的规律需要到楼下处理，比如拉狗屎拉狗尿。不止这些，它好像还有更重要的东西需要到楼下去，有些东西主人懂得，有些东西主人也不一定懂得。它围着小区那排绿化树东嗅一下，西嗅一下，那是它在巡视自己的领地。然后它会跑到第三棵小叶榕下撇腿撒尿，最多不超过第五棵的距离，开始后蹲拉屎。做完这些基本功课，它才围着小区各幢楼间巡一圈，树荫下，草地上，各犄角旮旯它都会上前凑一会儿，在一天生活开始之前，它把昨天留下的气味检查一遍，真有点对案发现场再一次进行仔细的勘查，然后才安心地让新的一天生活来覆盖。这些它的主人都懂，来她身边两年多了，哪天清晨不是这样简单的重复。

但今天她的杰姆吠得有点凶，遭呵斥之后又吠了好几阵，她听出它有点不满，好像回骂她是个懒婆娘似的，这她就有点不懂了。要在往日，只要一遭到她的呵斥，它准会安静下来，它知道主子一会儿就会起床，惺眼蒙眬地揉一把眼屎，然后就放它出门到楼下去呼吸清晨的新鲜空气。这清晨的新鲜空气对杰姆来说太重要了，迟一会儿起来街上的那些伙伴们就把各自的标识做完了。狗通过尿液和气味来标识自己的领地，电视上的动物世界总是这么说，说得全人类都知道了这些动物的秘密，它相信自己的主子也应该懂得。

见主子起来，它又汪汪地朝她吠了两声。她朝它一瞪眼："要死呢！"它终于安静下来，瞪着狗眼看着主子。惠揉了一下眼睛，拎着钥匙就放它下楼了。一开门，正好碰上吴阿姨也开门准备下楼去晨练。吴阿姨今天穿着一身夏日荷花宽身锦衣，系条黄腰巾，梳麻花辫子，看得出她已简单地化上淡妆，由于匆忙，她的眼影抹得不均匀，唇膏太厚，像杀猪的刀口，惠看她更像个老妖精了。

一开门，杰姆急不可耐地冲出去，还撞了一下吴阿姨，吴阿姨"哎呦"一声差点崴了脚，惠本能地伸了一下手，但只在空中打了一个节拍，没落到吴阿姨身上。几乎是同时她们都骂了一句："要死呢。""瞎了你的狗眼。"然后她俩同时看着对方，冷得像去年冬天的那场霜降。

惠先离开下楼去，撇下她的邻居自己蹲下来揉着脚踝。说起来她俩还不只是邻居，以前还是一个单位的老同事，不知是怎么凑巧又当成邻居了。惠从来就是个不苟言的人，从毕业到西溪镇报到那天起，就从没有人见过她跟谁主动打过一声招呼，后来是时任镇宣委的吴阿姨几次主动上门谈心，过几天，全镇的人就全知道她的一切身世了，从此，惠像遭了暗算一样恨上这个吴阿姨了，是势不两立的那种恨。

“太可惜了，这么好的资源浪费了。”

“你瞧你，好像差点就成了大领导的亲戚似的。”

镇里几个年轻干部在麻将桌上正互相调侃的时候，惠正好路过听见了，以她的敏感性，一个眼神她就能猜出是人心还是狗肺，何况还听见这么尖酸的语言。她拉开纱门瞪了这帮浅薄的家伙们一眼，然后把纱门重重摔上，径直走到隔五个房间的吴阿姨门口，大家听见她一声怒吼：“你这烂舌头的八卦婆。”又听见一声重重的摔门声，走廊上只留下她叭吱叭吱的拖鞋声。

“幸亏组织英明，不然你们落入她的魔爪可就完了。”麻将桌上第三个人调侃说。见她走远，大家有点放心地又说开了。吴阿姨和她谈心后几天，大家都知道她有一个远方的亲戚在省林业厅当厅长，听说在中纪委走到他办公室时，他勇敢地从七楼凌空一跳，结束了一切。刚才他们在说的意思，是她的亲戚跳楼了她都这么厉害，要是厅长不跳楼，谁缠上她了，还不得让她当狗一样使唤着，这话听起来多少有点幸灾乐祸的味道。其实他们说得不对，要是厅长不跳，他们连她是谁也不一定认识，她根本就不会被分配到这穷乡僻壤来，像她跟吴阿姨谈心时说的："这社会，什么变得最快，是人的脸变得最快。原本亲戚都跟头头脑脑说好了，留在县直机关，亲戚没了，领导马上对我说，人还得从最艰苦的地方开始历练自己，我就不得不到西溪镇来历练了。"

有惠这么震天一吼，可别说，还真把镇里一帮干部给当面吼住了，谁也不敢开她的玩笑，也没见她跟谁打过招呼，更别说跟谁好过，这期间她只跟自己养的那只狗狗——小白，好得跟什么似的。

"小白，开饭了。"镇里的干部就知道食堂开饭了。

"小白，吃粽子。"大家就知道端午节快到了。

"小白，游泳去。"大家跟着知道，夏天真的来了。

"小白，你又发疯了。"大家知道她在骂楼下麻将声太吵了。

也有不怕事的年轻干部会喊："小白，开饭了。"她听见了马上一吼："小白，你这饿死鬼，没吃过饭是吧，给我滚回来。"喊得那个人落荒而逃，小白却乖乖回来了。小白成了她最听话的贴身丫鬟，一同在西溪镇待了五年，后来那阵子她专心攻考公务员，小白不知咋的得了急性肺炎，乡下的兽医不会看，就死了。而她也考上公务员调到了县城比较冷门的移民局，结束了她在乡下的孤身生活。走的那天，没有一个人送她，她也不需要人送，自己开着那辆她自称是“小浣熊”的QQ车，天蒙蒙亮时，自己在镇政府门口放一串很长很长的鞭炮，自己欢送自己离开那鬼地方。那天清晨，她搅了所有人的清梦。

小区保安见她的狗下来，趋上前想和她打招呼，其实保安是担心她不捡狗屎，上次有堆狗屎拉在楼梯间，滑倒了一个老太太，保安被老太太骂得狗血喷头。吴阿姨也跟下来了，她先叫住了保安说：“这是文明小区，不是鸡窝狗窝，成天臭烘烘像堆狗屎，你们就这样对业主负责的？”

“这年头，其实狗比人懂事，也比人讲道理，起码不会乱嚼舌头，不会乱指使人。”惠也不甘示弱地对保安说。

“哼！不长眼的，什么狗东西！”吴阿姨转身离去，她急着要去排练一个节目，更主要是她知道对手是谁。

“瞧那老母鸡样，妖精，老妖精！”

保安被她们弄得莫名其妙，她们因何结怨到水火不容的地步，保安一概不知，但他知道，惠有这只狗以后，小区就没有一个相好的。这也对了惠的脾气，她哪需要别人对她的事关心那么多，她是个戒备心很强的人。她的杰姆是纯种金毛巡回犬，金贵着呢。她听啄木鸟说它的母亲是德国籍的，父亲是英国籍的，它现在起码是拥有双重国籍的金毛巡回犬，当年它母亲为生下它们兄弟姐妹，专门乘飞机到英国去找它父亲配的种，那一次花了两千美元，加上来回飞机票起码也要三千美元，啄木鸟花了五千美元，提前八个月通过网上预订才买到它。来到她身边前，还要经过海关的检验检疫，相关部门的宠物登记才转到她手上。自它来到身边，她的日子显得忙碌而充实，每月起码有一两次必须到厦门这样的城市去买狗粮，只有厦门这样的专卖店卖的狗粮她才放心。每季度定期到厦门宠物医院给它体检身体，每年人和狗都要打上防疫针，每天三餐定量定时喂食，定期洗澡，定期理发，定时陪它散心，如果她想让它当上合格的巡回犬的话，还要让它参加一个季度到半年的专业训练，有了它，她真的有太多定期定时的事要做。但她乐意这样，因为这是啄木鸟送的。

惠是学电脑专业的，除了工作之余，她还经营一家网店，生意好时一季度能赚到她一年的工资，业绩不好时，一年赚不到一个月的工资。她无所谓，不就玩嘛，谁不玩电脑，玩业务无非是多一些邮递业务。一次在网上时，她无意间看到一个叫 tucano 的发帖人，tucano 译成中文就是啄木鸟的意思，他正在邀请同盟者加入他的驴友团队，准备在立冬后第一个周末去茫荡山看芦花，他在贴上说：那是一片飞雪的世界！她喜欢雪，更喜欢下雪，但在闽南她从未看过雪景，便激动地加盟了。

一加盟他们就 Q 上了，这样 Q 来 Q 去的，连惠都没想到她竟被这个啄木鸟给 Q 住了，或者说自己 Q 住了他。奇怪的是，原本自己设置的重重防线，竟经不住啄木鸟这一Q，生活中的沉默寡言，在网上竟如决堤之水滔滔不绝。起先是在Q上握手，接下来是献花，再接下来对方就要求可视聊天了。这下惠警惕了，网上的东西有多少能当真，你可以在网上像鱼儿到水面一样啵（吻）来啵（吻）去的，但那一切都只不过是电脑上的一个虚拟符号，可视聊天就不同了，机器这狗东西它冷冰冰的，它才不管你是圆的还是扁的，把你的优缺点一概都端给对方。

于是她在线上静默了三天也不回答啄木鸟，她准备在网上先晾他几天再说。可是不行，她发现她总是魂不守舍地牵挂她的Q，对方好像也很有耐心地挂网，不下线，这可怎么办呢？虽然都隐身在网络的江湖之中，但都知道对方就在眼前的屏幕上，好像随时都会从屏幕上跳下来拥抱对方似的。最后惠说：“我可不是你想象中的MM，我怕吓着你了。”这信息刚发送过去，嘀嘀嘀，屏幕上的呆企鹅就晃动对方的回复了。“又不是富豪相亲，何必那么苛刻自己”。其实这几天惠一直在想一个两全之策，说真话，她不想失去这个网上好友，虽然天涯海角，八竿子都打不着，但她还是想有个可以倾诉的人，这个人不可以是身边的同事，更不能是周围的邻居，这些人都像吴阿姨一样，是危险的人物，只要一嚼舌头，小县城明天就满城风雨，谁能保证背后不说人，谁人背后无人说呢。所以只有网上好友才是最安全的人选。

什么时候开始封闭自己呢？她说不清，好像是从父亲娶第二个女人开始。父亲的第一个女人也就是惠的母亲是病死的，好像不到三个月，父亲就领回了第二个女人。这多少让她有点不能接受，好像这是一场预谋似的，就等她母亲一走，第二个女人就顺理成章成了她家女主人，而实际上她听见的传言远比她猜想还要多，说什么是父亲和这女人早就勾搭在一起了，自己母亲是被他们气死的。气得她发誓要报复父亲的新女人，可是好景不长，父亲就领回了第三个女人，第二个女人寻死觅活地和父亲闹了几天，最后父亲给她买了一幢房子就平静下来了。这第三个女人说起来还是第二个女人的小表妹，年轻就是优势，父亲本能地一见她就“钟情”了。这一切都没办法，那时的父亲太有钱了，那个厅长亲戚是父亲的亲妹夫呀，什么样的工程接不下来呢？其实要接工程干啥，父亲的大名比什么都值钱，什么工程一挂上父亲的大名就好办了，项目就好立了，款项就好拿了，其实那时的父亲好像什么工程都有他的股份，父亲走到哪里，都好像被钱咬住了，被年轻女人盯住了，父亲呀父亲，让我说什么好呢！惠想。后来，那个亲戚跳楼了，父亲的大名就不香了，简直一文不值，再后来简直就发臭了，因为父亲也被拉进去半年多才出来，父亲出来就不见他的第三个女人了，而她家也彻底破产了。她像个冷眼人，把家里事都看得透透的，她家就像个大舞台，什么悲欢离合、世态炎凉、人情冷暖，大起大落的大戏都在家里不断上演，自然而然的，她们家每一个成员都像被关注的演员一样，被人嚼舌头嚼了半辈子，惠才会一开始就想从隔壁县考到这更落后的县来混差事，无非就想落个耳根清净，谁知，来不到三天就碰上一个吴阿姨，还是清净不了。

嘀嘀嘀，屏幕上的呆企鹅又叫了，它还同时跳出来一朵玫瑰，她不说话，嘀嘀嘀，又一朵，又一朵，一直跳到后半夜，她一直在心里数着，差一朵就一千了，还真是个固执的人，她对着屏幕叹息了一声，她觉得真的被对方捉住了。她马上回一张彩照过去。对方马上应答:“这不是韩红吗?你涮我啊!”“没错，我不是韩红，但我觉得韩红像我，可惜我又没她的金嗓子。”呆了一下，对方也发过来一张彩照:“潘长江!”她笑笑:“握手。”对方也“握手”。之后他们在Q上就互称“韩红、潘长江”了。

过了先前沉默这一关，Q上就更放得开了，不知咋的，竟聊到狗狗身上去了。对了，是她先聊到她的小白，是小白陪她度过那孤苦伶仃的五年，反正她自认为在西溪镇是活到那个份上了。她说那个鬼地方，竟连个专业的兽医都没有，她都知道她的小白得的是急性肺炎，就是找不到一个人给它打针吃药，她说，如果自己不离开那鬼地方，说不定也是小白那个下场。说着说着，她往“潘长江”的Q上不断地点上扑簌簌的泪流人，她“韩红”的Q上不断有对方送来的纸巾。他们把自己所有的情感都化为Q上的符号，那是他们心灵的密码。按啄木鸟的原话说，她伤心的振荡波一过去，他们就开始正式讨论养狗狗这个话题。

“还想养狗狗吗?”

“不想。”

“为什么?”

“怕。”

“怕什么?”

“养不好。”

“喜欢吗?”

“那还用说。”

“理由呢？”

“狗比人忠诚，可靠。”对方一阵沉默，她觉得可能伤害他了，赶忙又补上一句：“这是动物的本性。”对方还是沉默。她赶忙又补充说：“当然，人也有好人和坏人。”

“狗也有好狗和疯狗。”对方回应道。这下惠生气了。

“那也是，碰上疯子，狗不咬人，人咬狗。”

“说得对，碰上疯狗，好人坏人一块儿咬。”咋会一下又分崩离析了呢？惠不清楚，她觉得被伤害了，下线，“懒得理你！”她对屏幕努了一下嘴。从这以后，啄木鸟还真的从网上隐身了，好几次惠上线了，都未发现他上线，“不会吧，这么快就退出江湖了。”她自言自语道，那段时间她单位的头被“双规”了，好像是他动了一笔很大的移民专用款项，上面的工作组走马灯似的天天来检查，把单位里所有的人都查得晕头转向的，以至她都忘记了那个该死的啄木鸟。

那天傍晚要下班的时候，纪检组的人正死缠着要她说清那张发票的事，那是一张公共开支发票，面额一万五千三百元整，证明人是她，她是怎么也想不起这张发票的事了，看时间是她来这单位上班不久的事，都几年前的事了，谁还记得那档子事。她自己也想不通，当初压根不知这公共开支开在什么地方，自己咋就稀里糊涂地当上证明人了呢。可是单位里的事，还不是一把手说了算，他让你当证明人你就得当证明人，其他的你一概别问，多问半句领导就记恨你了，领导的权力什么时候被监管过？她正被追问得不可开交时，楼下门卫来电话说，有个邮包非得她本人签字不可，她匆匆跑下楼去看，天哪！这哪里是什么邮包，这分明是活物运输嘛，在自己眼前的是一只活生生小狗，一只有三个月大的金黄色小狗狗，它舒适地待在纸箱里。她顿时觉得眼前有一道光，像流星一样从天际划过，仿佛上天知道她正蒙冤受屈，派它来解围似的。她懒得再上楼去证明自己说不清的那张发票，她在心里说："去他妈的，谁扯得清那陈芝麻烂谷子的事，谁管得了领导的事，总是秋后才算账，你们爱怎么处理我就怎么处理我，看着办吧！"

她上前轻轻抚摸小狗狗的头，它好像知道眼前就是自己的新主人似的，一点不见生地嗅了嗅她的手，柔软的舌头舔了舔她的手后，竟从纸箱里爬出来，双脚搭在新主人的肩上，很有礼貌地舔了主人的额头，把主人激动得一把把它搂在怀里捋个不停。这时她抬起头来，才明白两个邮递员还等她签单呢！她从回执单上才知道啄木鸟原来叫史明华，省政府大院 13 号楼，其他的她还是一概不知。她正要付费时，邮递员说："邮寄方已付清款项。"说着又从他的快递车上搬下来三大箱的东西。她说这是什么呀？邮递员说："应该是狗粮等东西吧！"她回家一一打开查看，第一个箱里有五件狗狗冬装，一条毛毯，一个不锈钢钵，一条镀锌项圈和铁链子；第二个箱里全是狗粮，其中有两包不同的维生素；第三个箱里是不同的各类玩具，最特别的是三本红本子，分别是它的出生证，防疫证，海关检验检疫证。惠赞叹说：我的天哪！它比乡下人生个孩子手续还要齐全。

惠马上上线，嘀嘀嘀，Q 马上跳出一封邮件：

我喜欢狗狗，可是我养不好，想来想去，还是决定送给我最好最好的好友韩红养，劳你费神费力还要破财去养它，相信它是个好伙伴。潘长江拜托了！

附狗狗注意事项：

1. 一日三餐需定时定量喂食，注意营养搭配，注意抓卫生养成，定点便便。

2. 每天帮它梳理毛发一两次，夏季最好一天洗一次澡，秋冬季一礼拜要洗两到三次。

3. 它怕热，超过摄氏 25℃以上时，建议让它睡空调房，带它去游泳，它的舒适温度：10—22℃。

4. 每天要和它说话谈心，避免它患上孤独症，早晚要陪它散步一小时，注意不要和杂狗混在一起。

5. 要定期检查身体，量身高体重指标，定期注射疫苗。

6. 有条件的话，可以找专业驯狗师上课，教育要从小抓起。

7. 狗的两岁等于人的二十岁，这时它进入青春期，要注意它的情绪，还有它爱听贝多芬的命运交响曲……

啄木鸟，你在吗？你送的宝贝我收到了，让我说什么好呢？没有应答，一看对方不在线上。

趁她上线的机会，这小狗狗抓住机会，把她的单身公寓里里外外钻了一遍，它用自己的感官把这个新家巡视了一遍，最后被那个金鱼缸迷住了，一眨不眨地盯着鱼缸里的鱼儿看个不停，这对它来说太新鲜了。她抱起它从上方俯瞰金鱼缸，它好像又没兴趣了，放在地上，它舒服地打个滚，她看到它的生殖器，“原来是个男孩子啊，难怪这么皮！”惠在心里说。

那天半夜，小区里所有的人都听到汪汪不停的狗吠声，吵得邻居们在家咬牙切齿地诅咒：“谁家的遭瘟狗，竟叫个不停。”小区保安不断地接到质询的电话，其中吴阿姨就挂了三次。小区保安一次又一次地摁惠的门铃，最后她也火了：“前楼酒家摇色子吵到半夜你都从来不管，小狗狗叫两声你就管，你再摁，我就报警说你骚扰居民。”保安吃了一颗闷雷似的，再有居民来电话他一概不接。保安哪里知道，此时惠正忙得不可开交，她也不知道怎么弄的，她给小狗狗喂饱之后，还帮它洗了个澡，然后就哄它去睡觉，她觉得它旅途颠簸劳累一天，应该让它早点休息，谁知到半夜她去看它时，它睁开双眼一看，就一阵狂吠不止。汪汪汪，汪汪汪，怎么哄都不能让它平静下来。她觉得可能是小狗狗认生，想家了，想它的老主人了，一时没有安全感才狂吠不止，干脆把它抱在怀里，这一抱，坏事了，它一阵又一阵地呕吐，把当晚喂的狗粮全吐到她的身上，有些还溅到她的床上。她叮呤咣啷收拾这烂摊子还收拾不过来，保安又一次次来按门铃，她能有好声气才怪呢。还没收拾好，小狗狗还一阵阵的狂吠不止，急得她在屋里团团转！这该死的啄木鸟，你那么心细，怎么就没想到它抓狂的时候该怎么办呢。想到这，她赶紧上线找他“算账”去。还真巧，他好像知道她会找他似的，笑盈盈地在线上又献花又握手呢。她不跟他周旋，直奔主题问他：“小狗狗已吠得整个小区不得安宁了，咋会这样？”她又补充说：“而且还吐，把当晚吃的东西全吐出来了。”

“看来你这个新‘妈妈’当得不称职，没把小宝宝照顾好。”

“你这个‘爸爸’要是称职的话，就别再说风凉话，快说该咋办。”刚点击过去，她就觉得着了他的道了，啥时候和他一块儿当上“爸爸妈妈”了，呸，这不是一对狗爸和狗妈嘛，她觉得脸红。

“可能是小宝宝太饿了，你把它喂得太饱了，所以胃不舒服，就会吐出来。”

“那为啥会狂吠不止？”

“别说那么难听好不好，我可能忘了告诉你了，它刚断奶不久，晚上睡觉时，还习惯性要叼个奶瓶，此外，它还要抱着它的‘全家福’才能入睡。”

“我晕！”

惠赶忙扔下啄木鸟，找奶瓶和它的全家福，果然，见到这两样东西，它不闹了，吮着奶瓶，抱着它的全家福香香地睡去。惠一阵心酸落泪。

第二天，纪检组的人要惠继续说清那张发票的事，小区保安来电话说，她的狗狗在阳台上发疯一样地叫个不停，还一阵阵地呕吐不止，弄得楼下居民意见很大。惠一溜烟地跑回家，一见她回来，狗狗不叫了，一切都好好的。惠抚摸它说："小东西，是不是太孤单又想家了。"连忙把它的全家福拿过来塞给它，就要走开，它缠住她，哼哼地叫个不停，这如何使得，惠又赶忙上线找它的"爸爸"去了，狗爸在Q上说："上班时，你可以送它去托养所，不然就放碟片给它看，它的箱子里有。"惠这时才发现第三个箱子里有三片DVD，片名写着：狗狗的成长日记A、B、C。狗狗看它的日记，很安静地蹲在一旁，单位的电话催了三回了。她一回到单位，纪检的领导板着脸说："鉴于你目前的情况，建议你暂停工作，有利于你专心配合我们工作。"惠听了一愣，说："干脆说，我被停职调查就是了。"

领导点了一下头！惠一甩袖走了，她等着领导来处理她，反正她从来就是一个眼里没有领导的人，她回去专心伺候她的狗狗去了。狗狗见她回来，扑到她怀里不断地撒娇，她觉得此时自己的心非常柔软，真成了一个"妈妈"。

"我成了一个全职狗妈了。"
"那好，我替狗儿谢谢你了。"
"都是你害的。"
"可不能把脏水全泼到我身上来。"

“就是你，都是你，一切都是你。……让我停职，只当狗妈了。”

……

惠把所有的委屈都在Q上泼给了“狗爸”，“狗爸”倒没怎么安慰她，谁知第二天早晨她就莫名其妙地接到单位的上班通知，纪检组也来电话说，那发票的事已查清，和她没关系。惠想起那地址：省政府大院13号楼！她猜想这一定是不简单的大楼，果然，她去单位后，领导有意无意地会问起她上面是不是有人，她总是冷冷地盯着领导笑而不答，她在心里骂这些人是一群狗，一群看高看低的狗。从那以后，她在单位里成了一个有来头的人，成了一个高兴来上班、不高兴可以不来上班的自由人，惠追求的就是这种生活，用她自己的话说:“要像一只尊贵的狗，有尊严地活着。”

惠发现今天她的杰姆有点反常，严格地说昨天下午从雁荡山回来就发现它的不对劲了，躁得很，心绪不宁的样子。她看它下楼来也不像往常一样巡视它的疆土了，它迈着轻快的步子跑到第七棵小叶榕树下后蹲，拉屎，再一撇腿，撒尿。惠在心里说，多健硕的小伙子，此时它的身高八十公分，体长一百四十公分，体重四十一公斤，是一只成熟的小伙子。你看，它不巡视小区的花花草草了，在它眼里，这早已是幼儿阶段的课程，尽管在惠出门前它还习惯地保持它的幼儿阶段，今天突然间像个大人了，它昂起头朝小区大门的远方观望，那一副无所畏惧的架势和神情，世界在它眼里正逐渐变小，空洞、无畏、不屑于，这些眼神加在一起，它要宣告自己长大了。果然，它随意地坐在草地上，开始梳理自己的毛发，这时惠发现它真的长大了，那一身金黄色的毛发，在冬天是够美的，它却不这样想，正低头摆弄自己的性器官，它舔着舔着，晨勃起来了，红彤彤好长一截，惠第一次发现它在意自己的性器官，一阵心慌意乱，她在心里骂这狗东西！她上前干扰了它一下，她实在看不下去了，以前小白是位“小姐”之身，她没见过它有什么龌龊的举动，只有一次，一只本地公土狗讨好地闻它的屁股，小白好像很享受的样子，任它闻个够，后来她生气地把它拴在镇政府那棵玉兰树下，一天不让它进一滴水，三天不让它吃一餐饭，更不让它回家，可能也是这次惩罚过于严厉，最后导致它生病提前离开也未可知。惠叫它回家，它没听见似的，站起来，望着远方，空洞、无畏、不屑于，它高大啊！它长大了，它要走了，向小区门口走去。惠急了，声嘶力竭地喊：“杰姆，你给我回来，给我滚回来，回来……”

惠的声音沙哑了，绝望了，她叫不回来一只已经长大的狗。她只能在它身后穷追不舍，街上有太多没人管的土狗，还有很多被人遗弃的各种各样的宠物狗，这些狗可以为一根丢弃的骨头大干一仗，头破血流在所不惜；为垃圾堆里一点馊饭有时会断胳膊少腿，它们必须要冒这个险，它们是为生存而战，而自己的杰姆哪会知道社会底层的艰辛，它就是一位衣来伸手饭来张口的少爷，是一位不知江湖险恶的花花公子，除了会拈花惹草还会干什么？惠穿着睡衣，趿着拖鞋，怎么能追得上它，但她不敢大意，她真怕它为一根骨头去犯傻，倒不是它想吃什么，但它会觉得好玩，它把生活当游戏，好奇心会害死它，人家把一切都当真，真刀真枪，它能不吃亏啊，惠担着心。她更怕街上那些吊狗的，被他们吊去卖给狗肉店就值两三百块钱，她的杰姆少说也值几万块钱，她急得在心里不断发毒誓：“等下我非杀了你不可！”

清晨，小公园简直成了狗狗们的高级会所，有几只和贝贝、旺旺一样的观赏犬在草地上尽情地追逐。贝贝的主人丽丽惠也认识，她喜欢小喇叭桶裤，这样显得她更加高挑，她的贝贝几乎也是像她一样的打扮，全身毛发被她修剪得像位高挑的小姐。旺旺是位先生，身材比贝贝还矮上半个头，好在它的主人小涂是位高大的帅哥，这样旺旺往贝贝身上蹭时，丽丽才不那么反感，按她的话说："不看狗面看人面嘛！"你看哪，旺旺要骑上贝贝身上了，但它不够高，尽管它已经努力地连脚爪都踮起来了，还是矮了一截。还有城东那只德国野狼也早早地被主人东平牵到这里来了。最主要的还有一只金毛巡回犬玛丽也来了，它的主人也是位大帅哥，人高马大的，大家叫他——大象，和惠也是朋友，惠每次外出"驴行"时，她都把杰姆放心地交给他，他是会疼狗的人，他说会把杰姆照顾得比亲生儿子还好，惠还有什么不放心的呢！

见到玛丽，杰姆兴奋起来了。狗好像也有种族歧视似的，特别是惠的这种进口的有着纯正血统的纯种狗，它们的基因里就有歧视信息，本能地和别的狗站开了距离，两个旁若无人地在草地一旁谈起恋爱来，接吻，互吻屁股，空气中散发着玛丽的费洛蒙；那些狗各自都懂得站队，贝贝和旺旺待在一起，那些土狗们聚在一起追逐打闹，好像它们也有自己的头领—— 一只大黑公狗。就剩下那只德国野狼孤零零地在一旁冷冷观看。杰姆好像急不可耐的样子，惠又看见它的生殖器，好长一截，红彤彤的一截，天哪，它竟这样恬不知耻的，大清早的在小公园中，当众狗之面，当众人之面，骑到玛丽身上去，急不可耐干那事。这如何使得，当年为了有你，你妈妈的主人提前半年在网上登了征婚广告，千挑万选才选中一只纯种的狗爸，从德国乘飞机来，在双方主人监督之下，慎重地完成交配，你怎么这么不自重，见到一只母狗就骑上去，“这狗东西”，惠吼了一声，顺手把手中的牵狗绳打到杰姆身上，杰姆和玛丽双双回头瞪了她一眼，好像说她你管得着吗？匆匆地走开几步，干脆跑到马路对面那片草地上，那里有个大广告牌，广告牌后面有几棵绿化树，相对来说容易遮人耳目。早晨对它们来说，这时间太宝贵了，必须争分夺秒，它们太清楚自己的境遇了，它们的相会完全取决于主人的态度，其实它们只是宠物，是待在家中没有空间自由的主人喜欢玩的活物。悲伤的是，杰姆好像也知道这一点，所以这清晨它才会争分夺秒。

杰姆又骑到玛丽身上去了。“这该死的家伙，不知羞耻的狗东西。”惠气急败坏地跺脚骂。“它们是正常恋爱，你可不能这么粗暴对待它们。”玛丽的主人大象开玩笑似的说。

“我粗暴？分明是它们乱来。”

“这你就不懂了吧，狗狗过了周岁就等于人的二十岁，接下来每年加四岁，你杰姆几岁了，来你身边都两年多了，加上主人送到你身边的那几个月，一块算下来，少说你家杰姆也到而立之年了。”

“你少在这边给我上课，这些还用你教我，但狗就是狗，人就是人，能跟你一样，混为一谈么。”说得对方脸一红。

“既然懂，作为主人就该为它的幸福着想，你有责任，就像为孩子的婚事一样操这个心。”

“少废话，你快呀，把它们拉开。”

那树荫下，杰姆又骑到玛丽身上了，惠看它全然不听主人的召唤，全神贯注地寻找自己的快乐。看到这，惠一阵恶心，在马路上一个踉跄，差点和一辆风驰而过的送菜车刮上，她跺脚大骂，杰姆它们快成事了，她不能有片刻犹豫，她紧跑上前去，还是晚了，杰姆已经得手了，它从玛丽身上掉过头来，带着一丝丝惊恐的眼神看着主人，惠仔细看它，高大，有力，它真的在一瞬间长大了。惠高高举起拴它的铁链子，惠看它的眼神里有几丝求饶的意思，它在告诉主人：“不要啊，我也是身不由己啊！”惠的心疼了一下，针扎一样的疼。

惠长在乡下，小时候还亲眼看那帮调皮的孩子，看到公狗骑母狗，拿起石头和棍子就是一通乱打，大家都不知道为什么，好像很解气，其实并不碍这帮孩子们什么事，大哥哥们看见，便会怂恿小弟弟们加把劲地折磨那两只快乐的狗，打它们一个落花流水，打它们一个落荒而逃，人们就喜欢看到这个恶作剧的结果。一次，乡下那两只交配正欢的黑狗，被放学回来的几个大孩子，用一根棍子横过去抬起来，两只狗的呻吟声，孩子们的欢笑声充斥着整个村庄。

杰姆真的长大了。惠的链子轻轻地落了下来，她蹲下身来，轻轻地在它头上抚摸了一下，又看见它惊恐不安的眼神，渐渐平静下来，有一丝认罪或说感激的情感，它伸出长舌头舔了一下主人的手。惠安静地走开，望着溪边流水，呆呆出神。

她又想起杰姆的身世来，它的父亲与母亲，要生下它们，主人们要操多少心啊！千里迢迢，又是预约，又签合同，还要提前买机票，过海关检疫，重重程序走下来，才决定要它们的后代。如今倒好，这两只进口有纯种血统的洋种，竟和乡下那些土狗没两样，屁股一闻，就上去了，就在一个小公园的草地上，在清晨众目睽睽之下，让主人出尽洋相，惠这个气呀真是要爆炸了。大象走上前来，似乎有话要安慰她似的，他看惠余怒未消，就立在一旁陪着看风景。惠转过身来，死死地盯着他看，她觉得被他暗算了，怒火中烧。

“是不是在我回来之前你就让它们好上了？”

“不要这样说好不好。整个县城不就它们两个算得上同类么，又刚好是一对，让它们相好不正是最好的结果么。”

“你少来这套，是不是在我回来之前它们就好上了？”大象把脸扭过去，他懒得理她的纠缠。

“是不是？”惠真的火了，冲上去朝他吼。

“是又咋样，不是又咋样，你少朝我大吼大叫的。”

“那这么说，是了，是你干的好事。”

“胡搅蛮缠，这是它们自己的事，咋会是我的事呢？难道是我教它们这么干的？”

“难道你没责任吗？”

“我管得了它们吗？半夜一觉醒来，它们已经缠上了，怎么管，你倒是去那边管一下呀。”

“你难道不知道玛丽发情吗？这不是故意勾引杰姆吗？你不应该把这些情况提前跟我说一下吗？还让我把杰姆往你家送，你真卑鄙！”

“怎么说得那么难听，好像我玛丽配不上你家杰姆似的，好像杰姆是王子，玛丽是奴婢似的。再说我怎么知道玛丽何时发情，告诉你，在你回来前一夜它们才好上的。”“对，你是不是觉得你家杰姆免费在干活，让你吃亏了是不？开个价，我给。”大象的脖子也红起来了。

“既然这么说，好啊！五千美元，给。”惠伸出一只手去要。

“你这不是讹人吗！”

“我又没说要钱，你不是慷慨么，我买它就花五千美元，拿来、拿来……”

俩人斗嘴斗得很凶，丽丽他们几个从草地那边赶来又是劝架又当裁判，两位帅哥意见不一致，一位说应该给钱；另一位说这不是他们主人要求做的事，给什么钱，纯属杰姆玛丽感情的事，与人无关；丽丽说，反正她挺讨厌贝贝和别人拉在一起，看了恶心，万一怀上了，还得伺候她坐月子，反倒自己成了它的奴仆。经几何时，杰姆和玛丽早已分开，它们连自己的战场都打扫干净了，正朝这边张望。

惠二话没说，拉上杰姆就走。向大象要钱不是她的本意，只是她越想越气，她觉得在这件事上大象都该负全责，她觉得自己连同杰姆都被他暗算了，他竟得了便宜还卖乖。更让她生气的是，杰姆原本是个啥也不懂的孩子，如今它的另一层生命意识觉醒了，它开始变得暴躁了，所以才会在清晨顶撞自己，才会不听招呼，任她喊破嗓子，它就是不听，撒腿就跑，全乱了，“不行”，惠在心里说，这件事绝不轻易放过去。

杰姆像个犯错的孩子一样，耷拉着脑袋跟主人回家。惠还没想好如何惩罚它，你看，它竟然知道主动认错，一进门就匍匐在地板上，不敢抬头看那沙发上高傲的主人。其实每次犯错误它都知道主动认错，它毕竟是只有教养的狗。它知道主人在想什么，一定在想如何惩戒自己。要按以往，它会挨一顿鞭子不说，可能连早餐的热狗都没有，更不要说那可口牛奶。但它还是估不准今早自己犯下多重的罪行，看刚才主人声嘶力竭在吆喝自己，最后还和玛丽的主人闹掰了，事态的严重性远不是它所能想象的，这让它和玛丽如何是好？到了这一步，它哪还敢想它的热狗和牛奶，只要主人不加重它的皮肉之苦就阿弥陀佛了。

它看主人没动静，坐在沙发上一杯接一杯地喝水，它慢慢地抬起头来，蹲在原地看它的主人，两眼汪汪地说：“主人，你可不要生闷气。你要是气坏身子可怎么办呢？干脆，你打我两下，消消气，以后我要是再不听话，你把我关起来。”

忽然，主人向它招招手，它如获大赦般地感激，匍匐爬到主人跟前，伸出舌头舔主人尊贵的手。“啪”，主人对它一巴掌盖过来，打在它的狗头上。它没有躲闪，晃了一下脑袋又朝主人身上伸过去，迎头被主人一脚踹下，“吭哧”的一声，它感到眼冒金星。从毫不留情的这一脚，它知道今早的罪行远超以往。以往的惩戒下手没这么重，都是象征性的鞭它几下，目的在于让它长记性，不再犯，而且只要这阵“风暴”过后，主人还是宠爱有加的。上次她顺手抓起桌上电蚊拍扫过来，结果磕破了下巴不说，连主人自己都哭了。也就从那次开始，主人对它格外施恩，吃上了热狗，喝上了牛奶。这两样东西小时候也常有，但不是每天都有，挨了电蚊拍以后就每天都有了。因为主人也爱吃这两样东西。主人爱吃的东西它都能分得一杯羹，起码会分一些来解馋。

事情远比杰姆想象的还要糟，挨了这一脚，杰姆正想躲到一边去，躲过主人这阵风暴再说，却被她一把揪住耳朵，她脱下脚板的拖鞋，噼里啪啦朝杰姆脸上左右开弓，一边打一边骂：“我让你不要脸、我让你不要脸、我让你不要脸……”歇斯底里地真打。疯了，这女人疯了！杰姆一定这么认为，它被打得哼哼直叫，多亏它力气大挣脱了手。主人并未就此收手，继续追打杰姆，围着客厅的沙发转圈圈地追打，客厅成了她与它的战场。

疯了，主人真的疯了！杰姆想。

惠终于累了，她气喘吁吁地坐在沙发上继续喝水，还差点呛着。

杰姆也累了，和玛丽干完活就觉得累，还挨主人的无情责打，这下连心都觉得累了。它也坐在几米开外看着余怒未消的主人。主人正恶狠狠地瞪着它，手一指说：“你这畜生，你不要脸，我让你野去，我怎么没早骟了你。”杰姆耷拉着头，她每骂一句，它都顺从地点一下头，但它好像又有点疑惑，一副委屈的样子。

杰姆在想它的狗心事，惠的心思也没闲着，她觉得刚才惩罚得还不够。她想我不能就此收手，就不信制不服一只自己养大的狗。想到了什么似的，惠转身拿过来那条镀锌铁链子，她要把杰姆拴起来，她终于明白，脱缰的狗差不多就是街上那些土狗。杰姆看到主人拿着铁链子过来，本能往后退缩，以为它和主人之间新的战斗又将打响，三十六计，走为上策，准备继续追逐。惠一声吆喝：“过来。”杰姆很是为难地看着主人，不断地摇尾巴示好。

惠走上前，杰姆没有再逃，她给它上好项圈，拴上铁链子，拉着它到阳台去。以前在家她是从不拴它的，今天她准备把它拴到阳台上以示惩罚。她爬上阳台，她不能简单地拴住它，她准备加大惩处的力度，所以，她让杰姆蹬起前脚搭在阳台上，这样她就可以把链子拴在高处的防盗网上。这样一来，她的杰姆只能始终这样挂在阳台上，前脚一松，它就会被吊起来，为活命，它就只能这样挂着，到主人解除为止。它发现这结局后，一切都太迟了，又着了主人的道了。

惠洗漱回来看它时，发现杰姆差点挂了，看它后腿一软，就是一只吊在高处的狗。惠赶紧把它放下来，杰姆一下瘫在她的怀里，连哼哼的力气都没有了。她本以为，杰姆实在累时，定会努力跳到阳台上去休息，但她忽略了一个事实，她的阳台早被花花草草占满了位置，哪有施展手脚的空间；加上杰姆偏胖些，缺乏锻炼，就是一副空皮囊，好看不中用。一个早晨折腾下来，早已精疲力竭了，光靠两条后腿根本支撑不了多久它那肥胖的身躯，更不要说跳到高处了。

惠抱着它哭了："这都是你自找的，这都是你自找的……"还好，她发现及时，杰姆并无大碍。她的情绪也平静下来了，内心变得特别柔软，抱着杰姆，一遍又一遍检查是不是被自己打伤了。她和它和好如初。她计划着要带它去加强健身运动。她在煎热狗时说："我要让你像绅士一样，成为一只翩翩的狗，可不能再给我去脸去了，啊！"给它喂热狗时，她又强调说："我们要活得人像人，狗像狗！"

这时，杰姆听见主人每一句话都跟贝多芬命运交响曲一样好听！

在上班的路上，惠反复叮嘱自己说："冲动是魔鬼。"她开始想大象种种的好，要不是大象，自己哪能随心所欲地想去哪里玩就去哪里玩呢，说白了，大象是她和杰姆最可托付的人，私下里她也一直把他当哥看，大象对她像亲妹，对杰姆他说像亲爹一样亲。哪能为杰姆和玛丽的一次出轨，就毁了这兄妹般的感情，她就想着等下上班Q他一下，互相消消气就过去了，年轻人之间没有什么过不去的仇。

惠到单位习惯性地打开自己的电脑，电脑已经融入她的每一个神经了。她沏好一杯茶，准备浏览一下各地八卦新闻，浏览世界各地离奇趣事催醒一下神经，然后上Q，这是她到单位每天固定的程序，她经常说有规律的生活就是程序化，每天都是简单的重复，有条不紊的重复，这就是程序化的生活，多少人梦寐以求的稳定生活。

一条有关狗狗的八卦消息跳入她的眼睛，她马上点击这条消息“公狗骑母狗，公狗女主人竟向对方要五千美元”，帖子上说：清晨，两只大洋狗在某小公园角落里谈起恋爱来，一会儿公狗骑到母狗身上，谁知意想不到的事情发生了，公狗的女主人竟然反对她的爱犬随便和别的母狗交配，最后竟伸手向母狗的男主人要五千美元作为她爱犬一个早晨的劳务费。发帖人自称是“天涯海角”的人，半个钟头前才挂上去的，一下有三百多条跟帖，说什么的都有。

惠看不下去了，网祸就像蝗灾，人心所有的仇恨都会扑向那个某一件有噱头的事，能把苍蝇说成大雁，也能把大雁说成苍蝇。惠知道这个理，但她受不了这个刺激，拍桌而起，这不是欺负人吗！她转而又想，是哪个鸟人把它弄上去的呢？这不可能是大象，他没“作案”的机会。那会是谁呢？是早晨小公园那些狗友们，不可能，丽丽和小涂他们这些养狗人都跟自己没什么过节，他们不会为这事对自己下黑手，那又会是谁呢？真是无聊透顶。不行，这事得找大象去，一切皆因他而起，我不能把两个人的事揽过来一个人担着，既然被这事套上了，就应该由他解套去。

“你有完没完啊！”一听是惠的声音，大象不由分说地把电话扣下。她越想越气，打了好几个电话他都不接，接了就一句“有完没完”的屁话就扣下了，什么意思，你大象能耐起来了。惠真的火了，开着她的“小浣熊”杀到大象单位去，一见大象就劈头盖脸地问他：“你什么意思，到底谁有完没完，你给我说清楚！”

“我跟你有什么好说的，我欠你啦！你这神经病的臭八卦……”大象噌的一下血压升过脑门，控制不住地拍桌而起。“啪”，惠抓起桌上的杯子，把那杯水泼到大象的脸上，大象霍地一下跳起来，拳头高高举起。他们单位的人全围上来，谁也没见过这么生猛的场面，还是领导及时赶到，一声吆喝让大象的拳头轻轻地安全落下来，惠拨开人群头也不回地走了。

惠这么一闹，加上网上那帖子，整个县城都轰动了，这些天街头巷尾都在议论狗和狗的事情，口水也能淹死人。

可是惠才不管这些呢，干脆一纸诉状到法院，她觉得让法院来管这事才是正事。否则，她纵然有一千张嘴也说不清此事，只有法官一槌落下来，输赢立判，是非也了了，公道也在理了。她不告还好，这一告，不得了了，乖乖，报社、电视台就来了二三十家，天天死缠着这事，毕竟这事太新奇了，公狗骑母狗赔偿诉讼案一开审的话，那就是全国首例，这是个多大的噱头啊！

惠不敢开机，大象更是不敢开机，要是手机一打开，非被这些无聊的媒体记者打爆了不可。大象是有理由恨惠的，不就狗狗之间一次意外的自然恋爱嘛，这倒好，经她一吼，再那么一告，再经网上升温加热，现在早就不是两个当事人所能了断的了，他们早已被舆论牵着走了。大象觉得这个女人疯了，不要说杰姆和玛丽好上了，就是她男人跟别人好上了，也犯不着这么抓狂，这下好了，现在他连人带狗都成名了，弄得他现在连门都不敢出，班没法上，休假在家，真是郁闷到家了。还没完呢，单位领导来电话了："大象你真可以啊，养只狗都能成名，连单位都沾光，天天有记者来采访。"大象当然知道领导是正话反说，关键是最后几句语重心长的话，让他快刀斩乱麻，快点把这狗屁事了了，领导提醒说，不然他将有麻烦。

领导的话是有道理的，你看，惠的麻烦早就来了，单位领导、上级分管领导甚至纪委领导层层出面谈话。说白了，这铺天盖地而来的媒体记者，就像蝗虫扑向它的庄稼，领导也怕啊！所以，来一拨记者领导就得接待一批，全程陪同不说，请吃请喝还得送点土特产，就怕他们搂草打兔子，由此及彼带点别的负面新闻回家，那就不好堵漏了。领导私下里对惠说："你是国家公务员，不是一般街上小混混，竟闹出这种无厘头的事来，弄得所有的领导都得为你的事折腾不休。现在政府两办简直成了你的新闻发布会了。"现在就一句话，让她尽早结束是非！

按领导的原话说："这远不是你个人的事，你把全县人民的脸面都搭上了。"

惠可没想自己养只狗竟把全县人民都惊动了，惠捋着杰姆的后背，多么健壮的杰姆，一听到动静，它走到阳台望着小区的草地，一副无畏的样子。高大、威武，它真的长大了。惠闪过一个念头，钻心地疼了一下。她开始想它的狗爸啄木鸟，想那次茫荡山的芦花。啄木鸟说：多美的芦花啊，真是茫茫飞雪。但是只要一阵风来，就落入红尘了！那次听了啄木鸟的话，很多驴友都非常感伤，他们就相约了今年雁荡山之行，不但看芦花飞雪，还看那场真的纷纷扬扬的雪，惠在夜里听见了它的声音！那天夜里啄木鸟钻进了她的睡袋，她捂住他的嘴不许说话，只听落雪悠远的声音。啄木鸟是个有家室的男人，他挺懂女人心的，他静静陪她听了一个晚上落雪的声音，天渐亮时他看她脸上挂着泪痕，听她悠悠一声叹息，像是说给这世界听的一样："我只想当一个纯净的剩女，就像这一场雪！"

那一晚，惠觉得那一场雪简直是为她下的，它为自己的成人献上了　份礼，又在人生的某个冬季做了一场祭。她不知道下一场雪会在什么时候来，也不知道下一个春天来临的时候她会去哪里，但她知道再也不会跟啄木鸟到处去"驴行"。

这场沸沸扬扬的狗狗争执风波很快就过去了，在一家不太知名的小报刊了一则一句话的消息，国内首例狗狗交欢官司达成和解，两家主人握手言和。那个叫"天涯海角"的发帖人也查出来了，就是一位不爱读书的初中生刚从网吧出来，听见他们的争吵觉得有意思，就用手机录下了这一切。

再也没有人见过惠的狗狗，连隔壁的吴阿姨也一样，甚至连它的吠叫也听不到了。它被主人花了大价钱做成了木乃伊，她决定把它永远定格在长大的瞬间，陪伴自己一生。

如梦醒来

1

一阵不大不小的雨滴，敲打着阳台上的铁皮，叮叮咚咚很有节奏，风再一捣鼓，那窗帘就鼓起来了，丽丽也醒了。

这半个多月来，丽丽经常被各种各样的动静闹醒，比如窗外那两只叫春的猫，比如对面酒家欢畅的笑声，再比如这半个多夜来绵绵不断的雨滴铁皮的滴答声。而要命的是每一次醒来，她就只能睁着眼睛扛到天亮。淡妆已遮不住黑眼圈，还有那不用遮掩的蹦蹦跳的两边太阳穴。

半个月前那个早上醒来，已过上班时间，她急匆匆地梳洗。一夜贪欢，她像一只刚打捞上来的章鱼，睡得很死。一睁眼，房门敞开："这死鬼，门都不帮我带上。"丽丽心里骂着，脸上还一阵火辣辣。

丽丽回忆着昨晚的幸福过程，哦，对，他好像起来后还没睡，好像还坐在床头看书，这是她男人李晓阳多年的习惯，他，没女人可以，没书，他睡不着。

离上班时间近了，她胡乱地梳洗一下，又一阵冷风从窗外灌进来，她在客厅和冷风打个照面，一个寒噤让她想起孩子，不知他爸帮他穿上那件花格子棉袄没有。一看沙发上的棉袄不见了，她放心地上班去了。孩子八岁了，刚上二年级，从幼儿园到现在，所有的早上都是那个死鬼接送的，她没有不放心的。

丈夫李晓阳那个死鬼在二类局里当小股长，那局里共六个人，三个女职工，一个副局长主持工作，另外一个股长是常年难得一见的，只有自己那个死鬼，一年到头雷打不动地准时去上班。而副局长呢，人家也是到有人找时才在办公室里露露脸，不是开会就是下乡，谁知道他在哪儿呢。那个难得一见的股长家里种着上千株的蜜柚，人家在城建挂着一个“联合工作队”的虚名，脚踏三窟，谁也不知道他在哪窟忙活。她不明白，那死鬼成天围着那档案有什么好忙乎的。一次，她去他单位，那三个女职工端着茶杯有说有笑的，就不见自己那死鬼，她们说李晓阳在档案室里，原来他正在整理那些机关干部职工已故人员的旧档案，桌上放着三摞档案足足有三尺高，他细心地一一检查归档。她一看就来气，原本说得好好的，让他早点回家，然后一道回娘家给老父亲过生日的，他却在这里跟死人打交道，死鬼也就是那时候叫出来的。

丽丽在新农合上班，单位全称叫新型农村合作医疗组织，这单位刚成立不到五年，她从十五公里外的乡下刚调上来也就不到五年。说这死鬼全没本事她也不敢说，毕竟调到新单位来上班全是他的功劳。她当然不知道，现在这个宣传部长还是个科长的时候，档案里出了一桩差错，那时他的死鬼被抽去组织部帮忙，多亏他细心发现，帮他更正过来，之后十年里，这个科长一路平步青云当到现在的部长，人家没忘记当年他的一点尽职之情，新农合刚要成立时，那天碰巧在机关里碰上了，李晓阳也就随便说说，请部长关照一下自己家属的工作，部长了解了一下情况后，过了半个月，丽丽就到新农合报到了。

2

中午放学时，丽丽去学校接孩子，从幼儿园到现在这么多年，也是雷打不动午晚接送孩子由丽丽负责。

丽丽在教室里见到儿子趴在桌上，一见到母亲一副非常委屈的样子。班主任一见面就说："小凯今天是不是病了？"

让丽丽一时反应不过来："没有呀！昨晚还好好的。"

"他一个早上都趴在桌上，精神很不好，问他哪里不舒服也不说。"

丽丽摸了一下孩子的额头，觉得微微有点发烧。在班主任关切的目光下，丽丽马上改口："哦，对，他爸早上说孩子有点低烧。"说完这话丽丽就带孩子离开了教室，她都忘记向班主任说声谢谢！

丽丽还没出校门就给死鬼拨电话，他手机永远是那一首闽南语老歌"爱人跟人走"，一接通耳根就响起："想不到、想不到，爱人跟人走……”不知让她发了多少牢骚，听多了她也没再提起，今天她倒听出一丝不祥的念头。“爱人跟人走”响了好几遍都没有接听，丽丽先回家想拿点钱，先带孩子找医生看病要紧。到家她又给死鬼挂电话，“爱人跟人走”就在客厅里响起，它没跟死鬼在一起。她看到站在一旁的儿子小凯，两眼泪汪汪地看着自己。“你爸爸去哪里了？”她不问还好，一问儿子似有无限委屈地哭出来。“我不知道，他早上就没送我，说要让我自己学会独立……”

丽丽从儿子那里了解到，死鬼早上就不知死到哪里去了，难道他单位有急事，不会，他那个单位一年到头也不会有急事。儿子哭出一身汗来，再一摸额头，什么烧也没有，他只是受了一点委屈而已。

丽丽本想挂电话到单位问问，但她还是决定亲自到单位去看看。刚赶到单位门口碰到那个副局长，他问丽丽：“今天怎么没见晓阳来上班，手机也不接，过几天上级要来检查，他不来怎么能行。”丽丽愣了几秒钟说：“孩子发高烧，他让我赶过来请假。”“哦！你们先照顾孩子要紧！”

从他单位，丽丽一路跌跌撞撞地骑车回来。她一直在想，这死鬼会去哪里呢？她翻开衣柜，所有的衣物他一件也没带走。她稍作宽慰，估计是死鬼早上碰到什么急事，来不及打招呼就先忙去了。“会不会出什么意外？”她在心里猜疑着。应该不会，就这么大一个县城，出个交通事故或什么新鲜事，不出一刻钟就满城皆知了。她可不能再傻傻地到处去问了，不然，不出一刻钟，同样会满城皆知，她早上丢了老公了，再传下去，就可能是她被老公丢弃而不是丢了老公。

3

丽丽下午没有去上班，送孩子去上学后，她毫无目的地在街上转了一圈又一圈。这时候她想起来，自己的死鬼其实连个知心朋友都没有，不然这时她也可以找他的好友问问。人往往都是这样，所有对老婆孩子秘密之事，对知心好友就不是秘密。累了她便回来坐在沙发上等，这时“爱人跟人走”又响起来，她拿过来就是一句:“你死到哪里去了？”

“大嫂，大哥到哪里去了？”小叔子在电话中说得很急，他的老父亲病重，希望大哥大嫂拿个主意。

丽丽心里乱极了，她哪知道小叔子的大哥哪里去了，要知道就好了，又不好明说，胡乱让小叔子带人看病，钱由她付。每次公婆的身体不好，都由她夫妻付钱。

她从厨房里拿出杯子，发现连一滴凉开水都没有。丽丽是个理性的人，她不会碰点事就哭鼻子，尽管她此时有一千个哭鼻子的理由。她先烧开水，午饭她拎了一盒快餐给孩子吃，自己滴水未进，她感到口干舌燥，她不得不先静下心来梳理一下头绪，这死鬼到底会死到哪里去？可是哪容她多想，整个下午“爱人跟人走”不知响了几十次，闹得她更加心烦意乱。那个主持工作的副局长来电话问孩子烧退了没有，还有几个是狐朋狗友的电话，问晓阳周末到底去不去湄洲岛；还有几个一来电话就说：“晚上还是老地方。”话一说完就挂了电话；还有一个电话丽丽感到比较重要，那是组织部长的秘书打来的，说要找晓阳谈话；还有一个女的“喂”了一声，一听是她接的就没下文了。这让丽丽听了满脸的狐疑。原来自己这死鬼的生活是这么丰富多彩，一回到家中像霜打的茄子，原来都是装给我看的，丽丽想，这次回来定要问个明白。

可是到下午放学接孩子回家，还不见死鬼的身影，也没一个电话回来。丽丽要做晚饭，一看米没有了，平时这买米的事是死鬼干的，家里柴、米、油、盐都是归他买，也包括每天买菜，她只负责烧饭。这叫男主外，女主内。如今主外的不见了，家里米吃光了，她哪知道去哪个米行买米，哪个米行的米好一些，便宜一些。想到这她觉得被人欺负了，不由落下两行热泪。孩子在一旁做作业，看到母亲垂泪就问：“妈妈，谁欺负你了？”

“还不是那死鬼。”

“你爸。”

“没有呀，平时我只看见你欺负他，没见他欺负你呀，他不是还没回家吗……”

如今二年级的孩子似乎更敏感，似懂非懂的年龄。丽丽在心里发誓，就不信，离开你地球都不转了。她翻出那个空米袋子看，知道这特穗牌的米还是不错的，就骑车买米回来。等到饭熟了，她才发现，今晚她又煮了三个人的饭。那一大锅干饭，他不在家，她娘儿俩越发感到没胃口。儿子对那一大碗饭光动筷子，就是不往嘴里扒。“快吃，吃完做作业去。”

“作业早就做完了，爸爸说我考一百分，要带我吃肯德基。”儿子紧盯着她看。丽丽才想起今天儿子数学考了一百分，本来一家子应该在吃肯德基，她给忘了。她哄儿子说，等他爸回来，买双份的肯德基。儿子高兴地吃了几口饭，又问：“妈妈，爸爸什么时候回来？我想今晚就吃肯德基。”丽丽耐着性子说等爸爸回来再买。可是过几秒钟，孩子又问：“妈妈，爸爸什么时候回来，他今晚回不回来？”把丽丽问火了，她大吼一声：“你给我赶紧吃饭，吃完饭立马睡觉去。”她受不了他左一个爸爸右一个爸爸问个没完，她都要疯了。儿子埋着头，泪汪汪地一甩房门，把自己锁在房间。

4

晚上，丽丽躺在床上，脑子里在放电影，死鬼会去哪儿呢？难道他要离开这个家，那也没必要来个不辞而别呀！她说过，他有权利让自己自由。她翻开死鬼手机，查看来电显示，才发觉有几个电话是顶顶重要的。

那个组织部长秘书的电话就是其中之一，记得前些时候他说过单位可能要调整人事，那个主持了三年的副局长可能要扶正，单位有可能配一个副职。虽然是个清汤寡水的小衙门，并没多少实惠，但好歹也是副科，在基层大小也算有把交椅的人。死鬼工作二十年来，从没离开过那单位一天。要是有人问起全县有多少个在档干部，他眉头都不皱一下就能告诉你九千七百三十一个，其中六千八百一十九个是教师；他还能告诉你，建国到现在已故包括因公牺牲的干部是二万五千四百三十五个。甚至他还能背出科技局局长的档案在第三室第五柜编号为零七四六号，农机站副站长的档案在第二室第十一柜编号零三二五号……如果说他单位只要留下一个在岗的，没有谁比他更合适。现在人家要找他谈话了，他却连人影都见不着，不行，丽丽暗暗在心里盘算着。

既然要替他盘算，那就得跟他单位有个交代，好在明天就是周末了，她可以把孩子先送回乡下去。那这两天她要去哪里微服私访呢？如果这两天他还不回来，她还能有什么招呢？那个“晚上老地方见”的，会是谁呢？这该死的死鬼，竟然还有老地方。对他是老地方，对自己就是秘密据点也难说；而自己竟一点不知情。原来死鬼隔三岔五地往外跑，竟是躲到他们秘密据点去了，看来是灯下黑呀！还有那个“喂”了一声就挂断电话的那个女的，不但令人生疑，而且还可恨。为啥一听是她的声音就挂断了，看来这里头也大有文章。多年来，原来自己一直就被他表象所迷惑，看似老实温暾的一个人，背后却波涛汹涌。难为他能把这一切都遮得这么严实。那么，所谓的老地方，他们在那儿干嘛呢？打牌、搓麻将、喝酒，唱歌、跳舞？她不知道。喝酒？很少见他一身酒气地回来。打牌、搓麻将也不是他的爱好。唱歌、跳舞也没见他表演过。结婚十年，原来丈夫还是个陌生人，她竟一无所知。

丽丽想，这十年，这死鬼没有不顺自己的意。结婚头三年，还常有磕磕碰碰的时候，这像牙齿咬了舌头，过去就好了。那死鬼有点文人气质，为人也有些酸腐，一回到家除了吃饭睡觉就是看书，偶尔也会伏案写点东西，一年下来也偶有小豆腐块见报。可是不见报还好，一见报，那稿费还没见着，他小酒倒先“咪”上了。除此之外，争吵最多的是抽烟的事。她怀孕前期，出于直觉劝他戒烟，他偏不戒，儿子出生后不好带，常咳嗽，她又劝他戒，他又不戒，就干仗。刚开始，他常躲阳台上抽，她也常紧随其后夺他烟头，他从口袋摸出一根再抽，她舀来一杯水泼去，泼得他满身满脸湿漉漉的，他转身抽了她一巴掌。这一巴掌就成了她掌控他的最有力“武器”，只要一争吵，她就把脸伸过去，说：“来，抽，抽它，从小到大，爸妈没碰过我一根手指头，现在送上门来让你抽大嘴巴！”这一哭一闹，就把死鬼给收拾了。从此，死鬼就真的戒烟了，起码不敢在家里明里暗里冒烟，变得沉默，或说安静。

丽丽突然间想起一个问题，她一个激灵地跳起来。前天，她大姐转了一笔十万元到她账户上，准备买房付首付，要是被这死鬼卷走了还了得。她买房子向她大姐借的三万都还没还，如果……她不敢再想，开灯的手都还在哆嗦，急匆匆地拉开衣柜下那个暗屉。那是她家的所有秘密，里面有三张银行卡，两张他俩的工资卡和一张邮政储蓄卡。其他还有他们的结婚证明，孩子出生证明，家庭户口本，房产证；家里所有的债权与债务都在这暗屉里锁着，前天她大姐转来的十万也在那张邮政储蓄卡上。她翻遍了抽屉里的每一个角落，就是不见那张储蓄卡，一股凉气从脚底升起，一脸煞白地跌坐在床上。

5

“我一定要找到他。”丽丽躺在床上暗暗发誓。她觉得还是从下午的几个电话入手，这些陌生电话，肯定是死鬼的圈内人，说不定还是死党，同谋。找到他们就定能找到死鬼，起码，可以让死鬼知道家里在找他。她先从老地方见那个电话入手。已近子夜，她不管这些了，用死鬼的电话回过去。电话很快就拨通了，但她什么也听不清，对方声音非常嘈杂，“死了都要爱，不淋漓尽致不痛快……”听了这歌声简直就是狼嚎一般。对方喂、喂几声就是听不清，男男女女的声音一片模糊。好呀！李晓阳你这个畜生，你竟敢卷走十万元躲到那地方鬼混去，你以为我不知道你们在 KTV 吗，看我怎么把你拎出来。

丽丽骑着电瓶车走在冷清的大街上，不时有几个小青年骑着响箭一般的飞车打眼前飙过。县城就几家 KTV，她刚才听到对方好像说是老地方。老地方就在城东最繁华的地方，常传出三陪女的无头命案。听说最近还来了两个乌克兰的美女，生意更火了。

电梯一到五楼，一条窄窄的走廊，走廊四周昏黄的灯光，每一丝微弱的灯光下都传递着巨大的爆炸声响，那是人类不用伪装的地方。丽丽就感到脑袋要爆炸，这哪是人待的地方，鬼哭狼嚎的简直是个发泄场。

每一个 KTV 都关上房门，有几个服务生走上前来问丽丽：“请问小姐，你是哪个包厢？”丽丽答不上来，她瞧不起这些人，她鼻孔哼哼地应着他们，她用手机约出那个通话人，迎面走出一个留着爆炸头的男孩，她觉得像中学生，走路还有点罗圈腿。他走到丽丽跟前，甜甜地叫了一声：“姐，这边走。”说着一只手就要搭在丽丽的肩上，丽丽下意识地退了一步，甩开他膀子，跟在他身后。

推开 V20 那个包厢，里面的灯光更加昏暗。一股很呛的烟味扑鼻而来，六七个爆炸头，其中一个拿着话筒在使劲地嚎歌，那歌根本就不像是喉咙里唱出来的；紧挨着旁边那个小青年紧紧搂着一个小姑娘，一手用杯往她嘴里灌酒，另一小年轻往她嘴里塞东西；另一个姑娘端着杯向嚎歌的那个碰杯，这里面并没有她家的死鬼，都是一群中学生模样的小年轻。那个接头的小年轻一开门就说：“哥儿们，给大家带来一个姐。”

丽丽赶忙说声对不起，我找错地方了，就抽身退出来。身后传来他们猥亵的尖叫与笑声：“姐，没错，不就玩玩嘛……”

丽丽一口气跑到冷清的街上，又有几个飙车的小年轻从身后冲过去，有的还回过头来朝她吹起口哨，她感到周身一阵寒冷。一到家中，一种从未有过的委屈从心头升起，泪水夺眶而出。

6

一夜春雨让县城增添了不少绿色，给丽丽增添的却是头上的几根白发。雨滴滴滴答答地落在窗外铁皮上，就像鼓点一样敲在丽丽的心头上。委屈、愤懑交织在一起，她想不明白，死鬼为啥要悄无声息地离去，又为啥要带走那十万元。这十万元加上房债，几乎是带走了家里这幢房子，就剩下她娘儿俩了。什么爱到永远，给她娘儿俩幸福，他爱这个家……全是骗子，鬼话连篇。她又想起白天那个“喂”了一声就没有下文的电话。

丽丽一直挨到天明，她再也不能等了，她用晓阳的手机给喂的那个拨电话，一阵黏黏的铃声，再下来又是懒懒的一声“喂”。丽丽一时倒噎住了，对方显然还没起床，她真不知如何向对方聊起话题。

丽丽在梳妆台前拿出一套又一套的服装在反复试穿，总觉得不是太土就是过于花哨，这些过去的服装穿过了就再也不光鲜了，她约好了要见“喂”的那个人。看着那一堆丢在床上的衣服，一股委屈又涌上心头，省吃俭用的，连一套时髦衣服都没有，如今徐娘半老，又岂是一套时装能抹去岁月的痕迹。

长安路的叮叮聊天室是近段时间才开张的。刚好在一个小巷的拐角处，看起来并不显眼，丽丽觉得找到了，这才是她应该找的地方。

一个女的，穿一件象牙白长裙，胸前挂一个红色小菊花饰件，正如她左颊的小酒窝。丽丽才发觉自己俗了。自己精心修饰，绛红长裙，珍珠项链。这还说得过去，那口红和眼影就过了；人家宛若天然，自己在刻意遮掩。好在对方戴着茶色眼镜，就冲这，她把步子迈得更加有节奏，一步一步地朝着她的微笑走过去。

“他经常来这？”丽丽开门见山，她想单刀直入占主动，她要在气场上占主动。对方好像不接招，她用眼镜让对方在一旁茶几上坐下来，然后，顺着桌角走过来，和客人坐成九十度夹角，从桌上摸到一次性杯子，很熟悉地接过一杯水，端至对方跟前，接着顺手把眼镜摘下来，放桌上，再微微一笑，她一对义眼让丽丽吃了一惊。她微微一笑，“我只能凭声音看世界了。”说着又把眼镜给戴上。

“他来过这？”

“我这每天都有预约的客人。”

丽丽一时语塞，对方看似和风细雨，其实是滴水不漏，她找不到语路，更别说破绽。但她又不能这样干干地坐着，听着别人发落似的。但说什么呢？她开始觉得不安，甚至尴尬，她觉得自己在打空拳，甚至有劲使不出来似的，一种从未有过的挫败感涌上心头，她遇上“高人”了，一下被对方看穿她似的干坐着。

“来我这，一般都是很善讲故事的人，他们总有讲不完的故事。但从您的几个电话，我估计您不是要来我这讲故事。”对方说，干脆她讲一个故事给丽丽听，她说：

有一个人，他每天都活得像个浮士德，他天天生活在家的世界中，女人，孩子，工作、学习、生活，一切有条不紊，他感到无比幸福、平静。经常端着一杯酒对自己的心说——感谢生活！他不需要酗酒、打牌，也不需要找朋友絮絮叨叨，他不需要这些来填空生活，他觉得自己是世上最充实的人，他的生活容不下这些，他够充实的了。他觉得日子顺风顺水，风平浪静，他没费过什么脑筋，而机会总会自然来临。他总觉得前方有个目标，尽管他说不清这目标是什么，但还是让他感觉有个方向，毫不迟疑地向前奔去。

可是最近，他觉得这一切都虚无缥缈，他觉得自己掉进生活的陷阱里了，自己像只落网的飞蛾，看不见透明的网，看不见潜伏的对手，看不见那只蜘蛛。他说他有很深的综合焦虑症。细心一想，他觉得自己被一种巨大的力量所裹挟，不由自主地加速向深渊滑落。以前，碰到闹心事，他爱听音乐，一曲《春江花月夜》就让他听了十几年，每次都让他感觉自己在浩渺的时空遨游，感受生命的博大与渺小，音乐让他心灵长出一双飞翔的翅膀。如今他也不再相信音乐，任何音乐都抚慰不了他的心灵，对他来说，一切声音都是噪声。他莫名其妙地越来越烦躁，他觉得身上住着一个魔鬼，随时可能跳出来，甚至伤人。

有次深夜加班回来，他看到一个流浪汉躺在单位门廊下，正被三名小年轻一顿拳打脚踢。当时，他竟也有想冲上去踹人家几脚的念头，站在一旁观看，几次想把手中那袋垃圾砸到人家头上，这在以前是不可想象的，但当时他真的就这么想。过后，又觉得后悔，第二天一大早就跑去看那个人，那个人却走了，他觉得自己犯了一个不可饶恕的天大之错，要在以前，他定会及时制止，甚至会报警，而当时自己的内心是一个帮凶，他才明白自己有多严重的疾病。

他每天用理智压制情感，每天去爬山，爬上一个四面无人的山顶，然后歇斯底里地嚎叫一阵子，直到把自己嚎成轻微脑震荡一样，缺氧，晕乎乎的，然后会有几个钟头的平静。有时也去看水，躲在一处绿竹下看水，看着看着，他就觉得一切都没意义了，最终都像水一样流光了，他觉得连活着都没意义了。他感到生命在无辜地枯萎，它不是被时间摧毁，而是莫名其妙地就毁了。他无法挣扎，没有疼痛，在逐渐麻木中瘫痪了，他提前开始死亡，一种精神上的死亡。无人的时候，开始变得絮絮叨叨，一个人自言自语。他突然又想起那位流浪汉，他觉得人家真幸福，双脚能到达的地方都是自己的世界。而自己则永远被圈定在一个地方，单位一张桌，家里一张床，两点串起来就是全部。这种四平八稳的生活看似平静，其实透支了他生命的全部，他生活得没有天空，没有大海，没有自然，他被社会圈养，他已经不是他自己了。

他觉得他是浮士德。他说每个像他这样的人，都是大大小小的浮士德。开始沉迷于自己的追求，到头来却发现另外一个自己。但这另外一个自己却被弄丢了，他不认识自己了。他决定去寻找，到底要寻找什么，自己又说不清楚，更无法和别人说清楚。于是，他决定一个人出发，没有终点，没有目标，向世界出发。他说，他不能保证能否找到原来的自己，但他决定向陌生走去。这个决定虽然艰难，但必须出发。或许一两天，或许十天八天，或许半个月……

/

雨还是滴滴答答地下个没停。丽丽都不知道那天是如何从叮叮聊天室回来的。听了这个故事，她似乎明白了，如梦初醒，感觉生活之外似乎还有一条陌生的道路横在眼前，但很模糊，她看不清方向，眼前有很深的雾，灰蒙蒙地笼罩在四周，她真切地感觉路的存在。然而，认真一想，她又似乎什么都不明白，她觉得到头来就是一场骗局，一切都是她的死鬼提前设好的局，他拿个人焦虑当幌子，逃离到生活幕后，还给自己丢下一个烂摊子，这样拔腿就走谁不会，他太坏了，令她陷入更深忧惧中。她不敢肯定那个寻找自己的他是否是自己的死鬼，但自己的死鬼肯定是出发了，出发到一个她不知道的地方。她能怎么办呢？此时该不该报警，让真相大白于世，她又拿不定主意。她唯一能做的，就是替死鬼先请一阵长假，说他有急事需要处理，剩下的，丽丽只能等。头发一根一根变白也要等，一直等到“咔嚓”一声，家里的大门开了，她的死鬼回来了，然后，家里依然是一副什么都没发生的样子……

燃烧的鞋

1

周东林一抬头，发现对面“那人”的目光已经咬住自己了。那么毒的目光，比刀还利，像一柄长矛，直直戮过来，就那么恶狠狠地杀过来，毫不迟疑，见面就杀，那目光明显不是敌意，是生死仇敌，是狭路相逢，是致对方于死地而后快的深仇大恨。奇怪，“那人”是谁呀？人不能输在气势上，咱可不能退缩，狭路相逢勇者胜，对方那目光已经把所有退路都封死了，怎么退，往哪儿退，只有前进，只有直直杀回去，杀他一个片甲不留，才能全身而退。

两人的目光在一个秋日的午后就这样打架了，直捣对方，互不让步。

周东林在搜索眼前这个“那人”，他一边迎敌，一边忙着要把对手搞清楚，这冷不丁杀出的“程咬金”不会没由头。咱都这把年纪了，怕什么，怕你一个后生，才不呢，老夫一生阅人无数，怕过谁？任你天皇老子来，阎王爷亲自杀来，咱也要见识一番。只是奇怪，咋就想不起眼前这“那人”是谁。

“那人”就在街对面一间店内，周东林迎着目光杀过来，他的每一步都在“那人”的目光中坚定不移，着魔似的，就那么一步一步地杀过来。

“那人”好像刚吃过午饭，正用他黑而有力的手指抠牙。刚才，就那么不经意的一抬头，目光就扑到周东林身上咬着不放，就再也分不开，谁先躲开，那谁就定先败下阵来。双方气势正盛，难有破绽。咱可不愿意这样长时间被人咬着，周东林在寻找破绽，正好“那人”挪动了一下身躯，他看到里墙两扇玻璃柜上，零零星星地摆上六七双新皮鞋；在右面的墙根下还有一台老式缝纫机和一台电动缝纫机，在缝纫机对面是一堆零乱的旧皮鞋，各式各样的都有；还有成堆的旧雨伞和几件褪色的牛仔裤，三座小山那般高。他身后是一台手摇补鞋机，在他身前还是一台手摇补鞋机，地上一摊各式各样的烂皮鞋。

“他妈妈的。”周东林嘀咕一句，一个补鞋的，你牛啥？在当年，连老子的鞋灰你都没资格碰，牛啥，再牛你也就是个补鞋的。

“那人”好像也不再恋战，他坐下来，坐在两台手摇补鞋机中间，埋头开始补一只开口童鞋，专心致志，他拿起一片薄钢刀，在鞋帮侧划开一条口子，有一粒米的深浅，刚好能埋下一根线。一根腊线经他一钩再一抹，一只鞋很快就补好了，“那人”却连眼皮都不抬一下。其实这是表象，只有他们最清楚，这是一场更深的较量，刚才是短兵相接，是肉搏，现在是角力，拼内力，只有一流高手才知其中轻重。周东林真的碰上对手了。

“给我拿包中华！”周东林指着烟柜说。

中华分软硬两种，一包硬中华四十元，换他口袋里的白梅烟得一条，软的可以换两条。周东林之所以不说软硬，是留一手，先探虚实，察动静，是一招仙人指路的虚招。我不信杀不了你，一个臭鞋匠，不行，一定要把你这冷嗖嗖的目光杀下去。“那人”却像没听见一样从地上拿起另一只开口的童鞋，一针一线地缝起来，他要把主人留给它的伤口缝得连一点缝都没有，只留下那些针眼作为岁月的注脚，穿针引线之间哪像个补鞋的，他在向周东林展示，自己是个高傲的艺人，他所展示的是艺术，而不是出卖劳力。买烟。补鞋。他们各干各的，这种角力像两条平行线，好像没打架，其实是隔空打牛。

“拿包中华没听见吗？”周东林吊高了嗓门。

“没闲。”那人也回答得铿锵有力。

“你少装大格，补鞋的。”

“谁在装大格呀！”

装大格闽南语是充大尾巴狼的意思。从刚才目光打架开始，已升级为语言攻击，针尖对麦芒开始掐嘴仗。

“是他？原来是他，真是不是冤家不聚头，我干他妈妈的。”

周东林从声音刚认出眼前这人，就失控了，眼前一片雪花似的。人家早就看透自己了，还装什么装，哪有大格可装，手里这包烂货早把自己卖了。这时，店里间又闪出一个娇小的女人。

“阿娇！”

周东林几乎失声叫出来。今天肯定遇见鬼了，阿娇竟也躲在这里，真是遇见鬼了。阿娇耷拉着眼皮，走到柜台前拿出一包软中华，周东林没接，顺手把手里那包烂货丢到“那人”跟前。

“我明早就来拿。”

“那要看我欢喜不欢喜了。”

“装什么大格，欢喜不欢喜都是补鞋的。”

“那得看情况，看是人穿的鞋还不是人穿的鞋。”

“反正明日我来拿，不然，我叫人来砸了你的摊。”

“这不是农机厂，你说了不算。”

2

“那人”叫春耕。以前和周东林同是农机厂的，周东林是厂里一把手，人称“周一手”。春耕是第一车间主任，是他手下四大金刚之一，号称“四根柱”，春耕是第一柱，差点还接上了周一手的班，他们关系还远不只这些，如今都成了一个谜。

他俩是怎么闹掰的，至今没人说得清，反正农机厂也倒了N多年了，谁还理得清。刚才他把周一手气得浑身颤抖，这是多解气的事，可是没有，周一手一走，自己怎会一阵空虚呢，春耕知道周一手不好受，他几时受过他人之气，以前在农机厂几千号人，周一手眼睛一乜，蚊子叮在眼睛也没人敢拍。可是自己好受吗？周一手呀周一手，你终于从地缝里钻出来了，哼，我就是要活活把你气死，还不能让你一下就死，得让你活得难受，死也不痛快，慢慢地死。快了，这一天终于到了，刚才他走路的样子老态龙钟，那一头背发虽还波浪起伏，但不那么油光锃亮，还稀疏了不少，额头也有了岁月的褶皱，不过，刚才好像被自己的眼睛一咬，他又成了周一手似的。

天色突然暗下来，好像一场暴雨就要来临。

春耕解开周一手丢下的那个黑色塑料袋，里面有四双鞋子。一双童鞋大概有三十六码吧，这双卡通式人造革凉鞋都不知补过多少回了，鞋面都已脱皮，鞋帮四周都张口结舌等他去整形似的，鞋尖都磨薄了，肯定是这双脚比这鞋还大，要补这双鞋就得先给他粘上一块胶皮，还得给它放大鞋帮。另一双平底深灰色女式布鞋，整个鞋底磨得比一张纸还薄，穿这双鞋的人一定非常轻省。俗话说，滴水穿石，没有三五年工夫磨不穿这橡胶筋的鞋底，何况她不是局部而是整体把鞋底磨得这么薄。这双鞋不用补，粘上底就可以。这一双他不用看就知道是谁穿的皮鞋，周一手那猪蹄脚，前掌特别肥厚，什么鞋经他的蹄一挤都没了形状，再好的鞋一年半载下来，前鞋帮也会挤裂个口子。最让他想不通的是这双红色高跟鞋，那可是上等牛皮做的好鞋，如今放在商场里没个千把块钱是拿不下来的。可是这还是一双新得跟没穿过一样的女鞋，它要补什么呀，肯定是拿错了，神经短路的人才会把这样的新鞋拿来刁难补鞋的。

这些年老子补过的鞋子何止万千，能到这里来补鞋的人，看一眼就知道那人的家底如何。一双鞋一补再补的人家那就不是简单的节约能说得清的。从周一手丢下的这四双鞋来看，他的日子绝不会好过到哪里去。痛快！真痛快！你周一手也有不如意的时候，你不是可以一手遮天吗？你不是可以翻云覆雨吗？竟混到这种程度。奇怪，这双童鞋是他什么人穿的？是他孙子，不可能，他哪来的孙子。是他外孙，有这可能。但这双红色的新高跟鞋呢？春耕在心里打上无数的问号。

“吱”，春耕又被扎了一针，周一手走后春耕也没心思干活了，手指一下午让针扎破了好几次。他生气地摘下围帕重重地摔在那堆烂鞋堆上。“干什么干，老子要喝酒。”暴雨如约而至，豆大的雨珠打在热腾腾的马路上，疾风一扫，凉意袭来。阿娇接孩子回家了。春耕掸去身上的碎屑，把补鞋机挪进来，收摊了。

“切些猪头肉回来，再加几个泡鸭掌，晚上我要喝酒。”春耕说。

阿娇蹙了一下眉，闪进立柜后面，出来，支把伞上街买猪头肉泡鸭掌去了。

孩子早就睡熟了，春耕还一杯接一杯往肚里灌，他满眼通红，一直红到他的肚脐眼，红到脚拇指上。阿娇坐在他的正对面，她不喝酒，她给春耕当服务生，一边启瓶子还一边倒酒。春耕灌下一杯，她就把它满上。这么多年来，她就像他的专职服务生一样，要一直服务到春耕离开酒桌散去为止。春耕已有十二分的酒意，他头歪靠在椅背上，但他还很有节奏地一杯又一杯往嘴里灌，接下来他不往嘴里灌了，他夺过酒瓶子往头上浇，阿娇就这么看着他尽情发挥着，她知道接下来才是他的重头戏，摔家伙，要把家里的坛坛罐罐摔得差不多了，然后扶着他上床睡觉，她再把一切收拾干干净净之后，戏也就落幕了。

这次春耕摔烂了一只炖锅，还把烟柜给砸了一条缝。自始至终她当什么都没发生一样，就像中午的那场雷阵雨，也像她耳边吹过的秋风，过去就过去了，只是觉得风雨过后有点凉！

3

这魔鬼终于睡过去了，鼾声如雷。每次喝了酒，人就不是人，而是魔鬼。阿娇叹了一口气，“唉！”这满地的玻璃碴，在日光灯下闪烁，这不是美丽，这亮光之下是一把把锋利的刀子，一碰就能吃人的血，每回不小心，都要被它吃不少血。“唉！”怎会碰上这魔鬼呢？这前世的冤家。把他领回家这些年，每次酒后都是如此，也不知多少回了，这次是发作最狠的一次。“砸吧、砸吧。”阿娇对自己说，东西砸空了，魔鬼睡醒了，才会重新变成人，变成一个正常的人。“周一手呀周一手，其实你才是魔鬼。”阿娇在心底说，你才是把人变成鬼的恶魔，好端端几千人大厂，说倒就倒。厂倒就倒了，你还硬生生把一帮人变成人不人、鬼不鬼的。哼，你有什么好吃惊的，还想等我叫你一声周厂长，周书记，周一手，周表叔，还继续恭迎你，笑脸相迎，毕恭毕敬，你可以回到梦里这么想，现在，哼，少在这里装大格。不是要中华烟吗，干嘛不接我的烟，我就故意拿包软中华给你，瞧你继续神气，瞧你那皱巴巴的T恤，还是十多年前你当周一手时叫我拿回来的金利来，账也是我做的，你以为我认不出你，本来还不想见你，但我就想看到你内心的慌乱，看你狼狈，看你在我面前落荒而逃。你以为还是农机厂，一拿就是几条中华，甚至整箱，你现在什么都不是了，不知道的人还罢，知道你的人，就清楚你比狗屎还臭，躲开三公里都嫌臭。

阿娇是当年农机厂的出纳，她知道厂里所有资金的底细。但凭良心说，当年要不是周一手疼惜她，她也进不了财务科。会计和出纳一般都是领导心腹之人才有机会担任，出纳毕竟掌着这么大一家企业的金钥匙。那时候的阿娇长得小巧玲珑，恬静少言。单位出纳，常年不见阳光，白皙得能看清她毛细血管里流动的鲜血。但她有一个绝活，双手能同时扒拉两个算盘，单位账目经她手的从无差错。

要说她和周一手一家人的关系，就像一堆荆棘丛，烧成灰也是掺在一起的。阿娇的父亲还是周一手进厂时的带教师傅，阿娇的奶奶周一手叫表姑，周一手的堂妹阿娇叫婶婶，而阿娇的姐姐又嫁给了周一手的外甥，这七弯八绕的关系还真够让人糊涂的，拉不直，扯不清，剪不断，理还乱，干脆就不拉扯，任这荆棘丛去缠绕，反正她无论如何是不能再搅进去了，没想到却事与愿违。

农机厂说要改制的那阵子，聪明的人都纷纷从农机厂跳槽，当时她也准备跳槽，正好粮食局缺个出纳，自己还在犹豫之中，周一手适时地把陈聚贤推到她的面前。那天，周一手叫她过去谈心，农机厂的另一根台柱子——第二车间主任陈聚贤也正在他办公室里谈事。

“丫头，给你推销个人。”周一手看着她笑。

“领导说笑了，给人不如给人民币实惠。”阿娇笑嘻嘻没正经的样子。

“跟你说正事，介绍个人给你，目的就是看牢你，不让你走，组织需要你！从此，我们陈聚贤陈副厂长就归你管了。”

“哟！恭喜陈主任高升。”

“这不叫高升，叫火线提拔。”周一手解释说。之前三天，周一手也火线提拔了另一根台柱子——经销科长海运。

“那我更要祝贺陈主任了，关键时刻，挺身提拔，有你们两位副厂长当周厂长的左膀右臂，我们大家有救了……”

当时自己轻描淡写地把聚贤的脸说成一颗红柿子，就甩袖而去，一点都不顾及他俩的感受。还是周一手转变快，在她身后对聚贤丢下一句话：“对女孩家要有耐心！”

后来才知道，聚贤是在阿娇进来前五分钟才知道周一手要火线提拔他，那只不过是领导个人意见而已。但谁不知道，厂里周一手的意见往往也是组织的意见，只是需要时间来完成而已！人家未来的陈副厂长还真是有耐心。周一手挑明这层意思之后不久，厂里要重组，阿娇天天加夜班，未来的陈副厂长在一旁默默地待着，买点心，煮方便面。同在单位担财务的周一手千金——碧玉却高兴得像过年，趁火打劫让他买水果，请夜宵，人家笑脸相迎坚持三个月不变质。

其实这一切也无关紧要，若不是母亲病倒，这一切还是无从谈起。那天半夜，接到母亲病倒的消息，人家刚提拔上任的陈副厂长深更半夜开着厂里那部刚下线的大货车，拉着自己赶了一百多公里的山路，再把她父母接到县医院。在医院一个多月时间里，在病友们眼里，人家表现得比儿子还孝顺。整整一个多月，除了上班，全泡在病榻前端汤送水，不离左右。最奇异的是母亲醒过来那天，她做出第一个异常的举动，竟是紧紧地把他和自己的两双手拉住，好像她全知道这一个多月是谁在伺候她似的。

很多不是一见钟情的爱情，往往都是靠感动赢来的，就像干苦力活一样，一分一厘攒起来的。可爱的陈副厂长经过这一番重重考验下来，加上母亲醒来的那么一拉合，再加上母亲走后，父亲说了一句比钢铁还硬的话，“如果不嫁给他，从此没有这个女儿，你永远别想迈进这家门一步”。又经过一年多扭扭捏捏的犹豫过程，最终还是嫁给了他。

嫁过去阿娇才知道，其实聚贤也是周一手老婆的外甥，在厂里那么复杂的人际关系面前，他周一手严格要求所有手下的亲戚，所有的关系都是地下党一样的关系，对谁也不许公开。自己最终还是绕进他们两家扯不清的荆棘丛里来了。

4

大雨过后的次日上午，街面异常清新，行道树也吸足了水分抽出新芽，连空气也飘着丝丝的甜味儿，生活开始新的重复。

周一手没有失约，在翌日中午放学前他如约而至来到春耕面前，他比前日收拾得更齐整，站在那里很是样子。他先掏出一支中华，点上，吐出一口浓浓的烟雾。谁知道这是隔壁县云宵地下工厂生产的中华，还是上海厂的中华，反正他有模有样地吐着烟雾。

他看春耕正在把那双童鞋的鞋面和鞋帮进行剥离，再拿出一双全新的橡胶鞋底，好像比旧鞋底还大上一码，再把蜻蜓形状的鞋面绞出一块整皮来车在它上面，他把鞋面放在手摇车上密密车上好几个来回，再用锥针一针一线地把它缝到鞋底上。这等于依葫芦画瓢重新做了一双新鞋，而且还更加牢固。

周东林在一旁看得入神，他原本还窝了一肚子的火，准备和春耕吵上一架。咱今天拎鞋不是目的，干仗才是目的，起码要羞辱他几句也好挽回面子，然后再把鞋子拎走，这样才不失威严。要知道，对春耕这样的属下，要在当年，我他妈的瞪一眼，他们哪一个不双腿发抖，如今虽曲终人散，但作为几十年的老领导，我想这点余威还是在的。但这头犟驴，唉，没想到今天他能把自己丢下的鞋子补了，还算他妈的客气。

其他三双鞋还没补，他一眼看到那双红色高跟鞋被单独搁在小箱上，内心一阵波澜，他不能再等了，急忙丢下二十元拎起童鞋就要离去。这时，春耕才抬起头来盯着他说："还欠五块。"他又急忙从口袋里掏出五块丢给他，匆匆离去。

他从共和街拐向民主街，再折向张公庙转向梅花弄，穿过状元巷拐向梨花巷，一闪身消失在一片灰瓦房之中。从共和街到梨花巷简直就是一条时光隧道，一下让人从现在回归到历史的从前。一条路越走越窄，四周建筑的颜色越来越旧，七弯八绕，简直进了八卦迷魂阵一般。历史和现在被这窄窄几条巷过渡一下，让人一下从城市找到以前的城乡，看到衰落的时光。不要说陌生人钻进来要迷失方向，就是生活在这个城市的人也绝不敢轻易到这小巷来，熟人生客都一样会迷路。这里属于县城的老城区。新中国成立时，县城也就集中在这一撮，叫老琯城，是最热闹的商贸一条街。如今说起它来，年轻一辈的简直不屑一顾了，巷子窄的地方仅有一人身宽，骑车进出那要有绝好的车技才行。每条巷里还沟沟坎坎，住在这一带的人还特别爱养些鸡鸭猪狗之类的家畜，巷子里一年四季污水常流，蚊蝇嗡嗡，很是难闻。外地人住这里，图的就是房租的实惠。

梨花巷 146 号，周一手也客居在此。

5

七天过去了，春耕心里空落落的，他好像在等一个人。

阿娇早看出来了，他在等周一手来拿鞋，拿那双毫发未损的红色高跟鞋。这七天，春耕一直在琢磨这双鞋，拿起又放下，放下又拿起。以周一手这么缜密的心思，不可能拿错鞋来让他补。那他到底要让他把这双鞋补上什么呢？它完好无损啊！太大了不合脚？那也没人拿双新鞋来改小的。换跟换底还是换鞋面都不合适，他百思不得其解。他用手一量，刚刚好是三十六码，他心里一惊，难道真是她穿的鞋，对，她就穿三十六码的鞋，刚好是他张开手掌盈一寸的尺码。如果是她穿的鞋，那就更令人费解了，这尺码合适的一双新鞋她改什么呢？他陷入深深的沉思之中。

他的眼前升起一团火焰，越烧越旺，竟燃起熊熊大火。

“火、火、大火，失火了，快来救火呀，快来人呀，快来救火，快来救救我……”

阿娇端杯水过来碰了他一下，他一拍脑袋，醒了，怎么啦！这些天，真是见鬼了，眼前总会燃起大火，熊熊的大火，好像越烧越旺，他不断地呼喊，总不见人来救火，这些天，他一直挣扎在火光的梦魇中。半夜，阿娇几次推醒梦魇中的他，好像自己在梦境边沿还在呼叫灭火。现在连大白天也梦见大火，真见鬼。他把红色的高跟鞋放下，火就灭了。

春耕是有理由恨周一手的，当年农机厂兴旺时，一个厂顶着半个县的财政收入，厂里生产的龙江牌汽车产销两旺，供不应求，四海客商云集琯城。这时候，农机厂面临一个历史转折关头，政府倡议跟上历史潮头，通过三年改革，让农机厂成为全省第一批上市的龙头企业。

红极一时的农机厂能否在这场改革中实现一次华丽转身，来一次大飞跃，关系到千家万户。厂里那些老职工都是坚定的稳定派，稳妥地维持现状就好，他们要温和地面对这场改革，他们担心和政府脱钩，一脱钩，半辈子的饭碗就一下没了。和老同志相反，春耕他们这帮年轻人却是激进的改革派。而出乎所有人意料的是，他们的周厂长没有派。一向以强硬著称的周一手竟没有派，他从不表明自己是什么派，谁找他，他都微笑以对，就是从不表派。

就在这最敏感的时期，周一手私下请春耕吃了一顿饭。这顿饭一吃，从此他二人的关系就微妙起来了，曾有一度传闻说他要当副厂长了。这一传开，海运、聚贤、惠生原本最要好的四根台柱子，有三根柱子都不怎么跟春耕说话，他们的关系变得朦胧起来。

而春耕在所有人的恭维声中挂着一丝浅浅的笑。阿娇最先捕捉到这笑容背后的苦涩，那天春耕到她那报销差旅费时，阿娇见四下无人，说：

“你何苦跟周一手作对呢？”

“是碧玉告诉你的？”

正说着，惠生和碧玉追打着进来了，财务科里一下热闹起来。惠生借机想拉春耕一块热闹一番，“中午我们四个到大生牛杂店一块活络活络感情。”他特地强调就他们四个在场。阿娇说有事要走，春耕说我就不跟你们一块活络了，你们自己快活去吧。板着脸离开了。惠生在背后大叫说，“你小气去吧，我们上铁板烧，美死你。”

“嗨去吧。”春耕说着要回厂里，正走到厂门口，周一手的那辆桑塔纳正从厂里出来，海运坐在后排正在摇升玻璃，他好像看见了春耕，好像又没看见的样子，继续把自己隐在墨色玻璃之内，咫尺之间变得遥远。

厂里改革的结果在大家的猜疑中来了个惊天大逆转，海运一顿饭吃回来当了副厂长兼总监，总揽生产大权。又一个让人没想到的是，政府还空降来一个陈书记，厂里成立一个改革办公室。周一手还是周厂长，只是不再兼书记，但他兼了改革办公室主任，人事权小了，决策权却大了，实际上还是大权总揽。这时人们才读懂了周一手的微笑，他如蒙娜丽莎一样神秘的微笑背后，其实早就装下了全部改革套路，几千号人的农机厂就在他的微笑中完成了一场斜风细雨般的改革。所有的老同志都松了一口气，所有的年轻人都目瞪口呆。

和这场斜风细雨的改革不同的是，周一手强权主导下的女儿婚事，却如一场雷雨，疾风骤雨又电闪雷鸣。从海运正式升迁副厂长那天算起，到他成为周厂长周一手的乘龙快婿也不过是个把月的时间。这个把月时间里，谁也没见碧玉到厂里来，这期间看得出来最苦的一个人就数春耕了，他魂不守舍一次又一次来到碧玉的办公室楼下徘徊。那时候没有手机，连传呼机都没上市，他只有徘徊。惠生好像也不快活，也常来办公室楼下寻机闹事，有几次他碰到周一手威严的目光就退回去了。还有一次他们在周一手的办公室里大吵一架，惠生把厂长办公桌给捶了个窟窿，掉头去了大生牛杂店。当晚，惠生醉倒在财务科门口，春耕见到他口涌喷泉，只好把这醉汉扛回宿舍里。

“周一手，你不是人，为了保住自己的位置，你可以拿女儿的幸福下赌注，乱点鸳鸯谱，你害人不浅……”一想起往事，春耕还牙齿生疼，“哼，你也有今日，报应，这是报应，你罪有应得。”

6

别人又怎么会知道自己的感受，自从相见那天起，周一手他就一直窝着一团火，那团火来自那仇恨的火焰。那年轻人火焰一样的目光又分明像两盏灯，终日在他眼前晃呀晃，周一手就被晃得心绪不宁。这两盏灯把他十五年的那一幕幕往事照亮，如芒在背，如鲠在喉，不吐不快。

而男人有些事注定一辈子要烂在肚子里，绝不能说出来。这个无知的年轻人，他回想起来简直恨透他了。但他又有点恨不起来，这小子，从骨质里透出一股劲，一看就知道是个不撞南墙不回头，不到黄河不死心的野小子。这性格他喜欢，从来农机厂的那天就喜欢。他觉得对味，记得他刚来农机厂不到半个月，他们就吵过一次，那次是拿着自己的新方案到一车间来试制一个模型，没想到这年轻人接过草图一看说，这是谁设计的，简直狗屁不通嘛！车间所有人都目瞪口呆，谁不知道这是他周厂长周一手苦心经营半年的科研项目，他当众这样让领导下不了台，这还了得，太张狂了吧。自己先是一怔之后，并没有怎么的，记得还非常平静地说他，你说说你的观点，它的狗屁往哪里放才会通。年轻人说，你这根本就不懂得力学原理，同轴传动，通过变速所改变的是力矩，而不是传动力。

年轻人这样说有点道理，但又觉得不太通，于是他们各执一词，吵起来了，吵完了，反觉得眼前一亮，也就有了后来他们合作的“前后桥变速转换二合一”革新项目。拿下这样的项目，他自然就破格提拔了，当上了车间主任。

往事就像一部宽屏幕电影，历历在目。所有人都认为他俩的分裂始于那次饭局，有谁知道他俩其实在饭局上啥都没说，因为他俩饭前就谈得分崩离析。自己当时说春耕你看得出来，现在我需要一个自己人站出来帮我，他给了他最明确的暗示，自己人。他却直截了当地拒绝了。今天看来，是不幸被他乌鸦嘴说准了，可在当初，有谁说得准，有谁理解自己的难处。当初的一切其实是无可选择，所谓的甲乙两个方案，其实就一个方案，乙方案是一个万不得已的备份方案，在没实施甲方案之前它就是一个虚拟的存在。就像火箭处在发射前状态，一切早已就序了，对与错那只是一个预感，你说不出一个所以然来，只等按部就班的一声令下，准时准点地发射升空，剩下的就看上帝的垂怜了。等待自己的就是签字一道程序而已，唯一能做的就是如何完善甲方案，提高成功率。

当时自己多可怜，一切都无可选择，就像一棵长在房顶上的小榕树，孤零零的，严寒酷暑，风雨独挡。自己想抓个帮手，那个无知的家伙却斩钉截铁地说，“道不同不相为谋。”“呸。”简直不识抬举，人家海运多聪明，关键时刻，挺身而出。

想到了海运，心绞痛就犯了。这个魔鬼，这个吸血的魔鬼，变态狂，怎么就没看出来呢，真是瞎了狗眼了。春耕、海运、聚贤、惠生这四大金刚，自己最不看好的一个，竟是最后的克星，毁了，完了，全完了，这辈子就栽在他手上了。谁也没想到他和陈书记是表叔侄关系，最后竟会勾结在一起。株洲那批一百七十二辆车的退货，自己能不知道嘛，这批领导拉回来的大单，几千号人紧赶慢赶加班一个多月，刚下线新崭崭的车，怎么会有那么多的质量问题，但这批车是海运他签单放行的，自己能说什么，磕掉牙往肚里咽。还有那后来的一百多辆车，莫名其妙没了，跑了一个陈书记，跑不掉的其实还有海运，真要查下去，连自己都查进去了，自己也有不可推卸的领导责任。怎么办呢，只有造假，层层造假，慢慢把账填平。农机厂早就是一颗烂橘子，从芯里往外烂，只剩一层好看的金黄外皮，其实早已金玉其外，败絮其中了。

这其中也有你春耕的功劳啊，你这头犟驴，早该千刀万剐。你一时春心萌动，就可以色胆包天，就可以把阿玉的魂勾走。那棵罪恶的玉兰树，怎么就没早锯了它呢？让它成为罪恶的帘幕，让你们在那儿卿卿我我，海誓山盟。你以为只有天知地知你知她知的事，别忘了阿玉已经是他人之妻。那天海运没回来，喝到通宵达旦。回来后冒冒失失地对阿玉她妈说："我受不了。"为什么受不了他没说完就睡着了。阿玉，我的傻孩子，你们以前那些事我当父亲的能不知道吗，一次又一次地跑到那土墩上看星星，看月亮，年轻人的那些事，再怎么遮遮掩掩，在大人眼里就是隔着玻璃在演戏，早就一目了然了。结婚第三朝，他非拿着那床单让她妈洗，当父母的能不清楚他那怨恨的眼神吗，那条干干净净的米黄色新床单，那是父母心头的乌云，从女儿结婚一直汹涌到现在。那把火烧没烧起来，你都该下地狱！

那场火又在眼前浮现，火光冲天。那是自己被政府叫去谈话出来的第三天，一场大火结束了一切，有关自己的一切调查也就此中断。这一切有谁知道呢。自己也相信春耕是无辜的，不然也不会两次托人给监狱里的他捎钱，一次二百元，春耕至今也闹不清他怎么会莫名其妙地收到两包榨菜，那是我周一手的心意。只是，周一手他压根不知道自己的心意会变成两包榨菜。

周一手觉得自己真是太自以为是了，也许年轻人说得对，好端端一个厂就被自己弄没了，可是当时自己说了根本不算，一切都是定好规则，定好套路去执行，他只是一个执行人，面对一个烂泥潭，自己每一拳都打在棉花上，真是窝囊，还得背一个千古骂名，到曲终人散之时，谁理解自己，谁见了自己不是悻悻然当自己不存在似的，这其实比剜自己的心还难受。

周一手属虎，他欣赏老虎，勇往直前，受伤了就独自找个地方舔舐伤口，绝不能让对手来可怜。从他离开农机厂那一刻起，他就不想再见到任何农机厂的亲朋故旧。谁知事隔多年，却偏碰上春耕这冤家，一下把尘封多年的所有伤疤都揭个鲜血淋漓。

一沉浸在往事之中，周一手就闹心绞痛，紧接而来的是神经衰弱，再接下来是整夜整夜的失眠。一失眠，那双怨恨的眼神又浮现眼前，他们何其相像，海运、阿玉，还有他家的那位童养媳。自己是参加工作后才有了身边这位周阿姨，那时城里的姑娘。那位童养媳没有哭，也没有闹，幽幽地长叹一声，远嫁他乡，再也没踏上他家一步。但他忘不了她迈出家门前的那幽怨一瞥，死死地盯着自己看了足足半刻钟之久，说了一句让人胆寒的话:“你会断子绝孙！”

当时他母亲拿着扫帚要拍她，被他拦下了。她的话真成了一句咒语，让他们生下一个又一个孽债。第一个儿子四十四天走了，第二个女儿流产了，第三个儿子在他那次出差时得了脑膜炎，再有了他们后来的阿玉，再后来，他女人元气耗尽，人瘦得像麻秆，就再也怀不上了。夫妻俩守着一个瘫儿子和阿玉，前些年连瘫儿子也走了，如今阿玉又变成那样，这是怎么啦，他拍着脑门一千万次地问。

周一手一脸疲倦地躺在家中的藤椅上，思绪万千。孩子坐在那盏台灯下做作业，补好的那双童鞋正穿在他的脚上，他从药瓶里倒出几粒药片放在掌心，一仰脖子再灌一大杯水。人在街上和在家里，往往是两张面孔，此时，他真实地苍老在自己的家里。这时上来一位如干尸一般的老太太，眼窝凹成两个坑，脸上的皱纹如那畦吹皱的湖水，散乱而无章。她端一盘空心菜过来，上前帮小孩一块儿把桌子收拾好，再端上来两个小菜，还有两条三指大的清蒸鲫鱼，都搁到小孩跟前，他们要开始一家人的晚餐。

"叮当"，一声清脆的声音从另一个方向传来，"叮当"，又一声清脆的声音，这是金属撞击的声音，好像很远，又好像很近。这是隔壁传来的声音，旧木窗棂内，一个黑影就倚在窗台边。黑影好像也听到什么动静，那绿幽幽的眼睛正死死地盯着窗外看，一动也不动。这时门咯吱一下开了，一个老太太端着一盆稀饭进来。黑影转过身来，面无表情，老太太走到她跟前，稀饭放在她面前的桌上，饭盆里还有当晚的空心菜和一勺豆豉。

借着微弱的灯光，黑影有一张死白的脸，一头凌乱的头发，她的双手被一条长铁链牢牢地分开锁在窗台上，窗台下有张椅子，旁边是张简易小床，房间里凌乱又简单。老太太重新帮她梳理头发，像是喃喃自语，又像是在安慰说：“阿玉，你可不能再闹了，可不能再闹了……”

一声凄厉的惨叫划过悠长的小巷，阿玉把那盆稀饭扣在老太太头上，周一手手拿一根小竹棍冲进来了，阿玉停止了凄厉的惨叫，老太太一手抹下脸上的稀饭，紧紧地挡在他们中间。

黑暗中，窗对面另一扇窗内，还有一双眼睛盯着这一切。

7

周一手再来拿鞋是又过了三个午后的事，春耕在补好童鞋的傍晚就把另两双大人鞋也补好了，就等他来拿，就差那双红色高跟鞋了。这双鞋现在是他们双方最后要敲定的一件事，谁开口就由谁来做主似的。春耕远远就瞧见周一手从共和街的深处走来，他装着没看见的样子。其实他早就瞧见了他额头上的那块创可贴了，他埋头补鞋。

“补好了吗，那鞋。”周东林的声音有点低。春耕抬起头来，他还想说，“喂，怎么啦，周厂长、周书记、周一手你怎么啦？你的额头怎么啦？”看周一手那双充血的眼睛，他一句风凉话也说不出来，递给他那两双补好的大人鞋，看他步履沉重地消失在人群中，闪入生活的最深处。

周一手一走，春耕觉得百无聊赖，觉得内心无比凄凉。这是怎么啦？他不断地反问自己。周一手额头那块创可贴他是知道的，说白了还有他一份功劳，只是周一手不知道罢了。

他为人家补鞋的动机并不单纯，并不是向对方服软，而是他觉得这是一个机会，就像撒下一个罗网等他自动投网，不然他去哪里找周一手呢。那天周一手拿那双童鞋回家，他压根不会想到，春耕也一路尾随他走到梨花巷尽头，看他进了那家梨花巷 146 号的小房子。这是一座灰瓦房，他怀疑要不是周一手住进来，这房子还会有谁来住。他没有马上离开，他绕到这座旧房子的后面另一条芙蓉巷里，这条小巷不到一米见宽，他走到周一手住的房子后面，正抬头，头顶上有两个旧木窗砰的一声撞在外墙上，他赶紧一低头，就听见周一手的声音：“你怎么啦，你怎么啦？”责备声中带着一点怒吼，一种纠缠不清的感情涌上心头。

他赶紧绕到对面一座旧楼房里。

这是一座废弃的小平房，应该是某单位废弃的职工宿舍楼，两层，预制板结构。楼梯蛛网横生，昏暗的光线透过那水泥花窗斜照下来。这些退出生活主角的烂椅子烂桌子，堆在楼梯拐角的历史深处尘封已久。天色渐渐地暗了下来。春耕悄悄地来到二楼的走廊上，他踮着脚尖走，他不能有任何的动静，他像贼一样进入一处作案现场。拎着门把推开一扇半掩的木门，从里面嗖地蹿出一只猫来吓了他一跳。原来这是二合一的小套间，看得出旧主人曾拖家带口地在这里生活过，屋角还有一些坛坛罐罐的旧生活痕迹，才会引来耗子，再引来猫到这里来把生活延续下去。房间里的玻璃窗紧紧闭着，那铁栏栅锈迹斑驳。透过玻璃上剥落的漆痕，他看到对面那家的生活。

夜色拉上无边的帘幕，只有夜晚的星星好像在倾听人间的故事。

那天晚上春耕又让阿娇侍候他喝酒，阿娇还是坐在他的对面不停地倒酒，喝到夜深人静之时，春耕扑到阿娇的膝上开始痛哭失声，他抱着阿娇问：

“知道吗？我看到她了，我看到她了，惨不忍睹，惨不忍睹啊！”

周一手哪里想到，那晚碧玉一盆稀饭扣在母亲脸上后，春耕趁他们睡下了，像壁虎一样悄悄爬上碧玉的窗台，把她的锁打开，他早就练就了爬墙和开锁的本事。碧玉好像特别配合，好像知道是谁来救她似的，紧紧抓住春耕的双手，春耕“嘘”的一声让她别吱声，她真的一声不吭，看着他把锁打开，又慢慢地退回地面，他就听见一声凄厉长啸。过了三天，他就看到周一手额头的创可贴。

阿娇像个慈祥的祖母一样，轻轻地拍打眼前受委屈的孩子，任他把伤心往事的闸门打开。他们在一起生活这么多年，还从来没提及过去，那是他们内心一个黑洞，一旦打开，多少烟尘往事总是令人难以自拔。

当年的碧玉是厂里的一枝花，有个厂长父亲她这朵花就显得更加娇艳无比，厂里要是有个篮球赛或拔河比赛什么的，要是碧玉站出来往哪边一喊：“加油！”那边的人不胜才怪哩。那年厂里一下来了十几个工校毕业生，周一手喜欢得跟什么似的，当他们是宝贝，把这批青苗苗组成科技攻坚小组，仅三年，他们厂里的中型农用车龙江牌顺利下线，一下为农机厂打开局面，红遍大江南北。和这个厂一起走红的四个年轻人，除春耕外，还有海运、聚贤、惠生，他们是周一手手下的四大金刚，也是四根台柱子，分别被委任为第一、第二生产车间主任，业务科长及攻坚组长。春耕和周一手一起合作的项目，“前后桥变速转换二合一”还获得省科技进步二等奖。明眼人都看得出来，周一手让春耕当第一车间主任，这正是他本人当年起家之地，应该是心有所指的，周一手眼里那团雾水大有深意。

那时，和父亲不同的是，碧玉好像站在聚贤、惠生身边加油的时候更多一些，好像每一场比赛她都站在他俩那边大喊加油。那时候聚贤天生有一张标准书生脸面，白净，见人嘴角总抿着一份神秘的微笑，这微笑像谜一样倾倒厂里和碧玉一样年轻女孩的芳心；而惠生是另一副棱角分明高大男人形象，他往球场一站，吼声不断，运起球来气壮山河，这比赛就显得精彩纷呈。

每次比赛，阿娇总是站在春耕这边，她从不叫喊，而是在场下给他凉一大缸白开水，等他中场下来看他一仰脖子，然后再把那缸水续满。而春耕似乎从不领情，从未对她有过感激之言，似乎他们四根台柱子达成某种默契，所有的比赛只为碧玉一人表演，人在场上，眼角余光总是瞟向那个最热烈的“啦啦队长”。

碧玉的态度就像他父亲周一手的微笑，他的嘴角总是抿着浅浅的微笑，谁也猜不透厂长的微笑。所以不能看她现在对谁好，那没用，父亲微笑的背后才是她的全部秘密，以至她对谁也不好不坏一样，明着能看出来的是对惠生好一点，但有时暗地里她又会对春耕好一些，谁也摸不透她的底线。

春耕的诉说把阿娇也拉回很远的往事深巷里。她永远想不到的是，质量东风万里行这么一阵风，就把这么大的一个厂给吹破产了，想起来都后怕。

当时还传出一个声音，周一手要盘活政府拨给的三千亩土地资产，开始组建新厂房，并重组厂里的领导班子，一时间，厂里面人心浮动。这时厂里接到湖南珠州运输公司的第一批退货，他们坚持说这批一百七十二辆汽车的质量有问题，他们怀疑是二手车改造卖给他们的，负责押送这批汽车的正是厂里的陈书记。农机厂不接受退货，双方从基层法院一直闹到省高院，经鉴定，那批车的轮胎被人调包，有的连发动机都出现型号不对，结果农机厂败诉。这一败诉不要紧，原来老农机厂已被周一手抵押给银行贷款两千万，投入新厂房建设中。农机厂就像一辆开到悬崖边的重型卡车，加一根稻草都能把它推下万丈深渊，这次败诉就是压垮他们的最后一根稻草。

8

出乎所有人意料，一场大火会如期而至，把农机厂烧得干干净净。

这场大火也直接把春耕送进监狱里。那是周一手被调查出来的第三天，他虽然暂时还没被拿下，但有关周一手的传闻也不断传来，他成天虎着脸，一场新的暴风雨就写在他的脸上。就在这时，一场大火烧起来了，什么都烧了，一切都无从查起，周一手的传闻也就此结束。

之前，春耕刚被周一手拿掉车间主任的位置。那天，春耕还是和往常一样躲在他的主任室里，他把自己埋在很深的黑暗里。一场大火就从他隔壁的仓库里烧起来了，他第一个跑出来叫人灭火，也是唯一一个留在现场的见证人，而他却一点也不知这把火是怎么烧起来的。被公安叫走时，他怎么也说不清自己当时为什么会在现场，为什么会一个人躲在车间主任室里，就这样稀里糊涂地进去了。

这十几年来，春耕何止一次想找周一手算账，如今这账还没清算呢。当年他稀里糊涂进了监狱，为什么在调查取证的时候，单位会签上同意人为纵火的结论？如果单位当时稍拖一拖，调查清楚，周一手从中斡旋一下，他就不会不明不白地进监狱。他是谁，他是周一手啊，厂里说一不二的周一手，没有他同意谁敢签字，这么多年，他何止一次想找周一手算账。正当踏破铁鞋无觅处时，是他周一手自己从地面钻出来了，真是老天有眼。

当年，他出来第一件要干的事，就是找周一手算账。他想了一套周密的方案，要让周一手颗粒无收，让他家里连一只跳蚤都要生病闹肚子，最后慢慢死光。他在狱中不止一次发过这毒誓。他出来的第一天夜晚，就潜回农机厂看当年周一手的那间办公室，灯果然亮着，却走出那个半边脸乌青的年轻人。春耕说找周一手周厂长。年轻人说他哪知道什么周一手周厂长，三年前，这里就只有一个陈总。简直是驴唇不对马嘴。但他不死心，他知道周一手的老家在乡下林峰国营农场，他曾跟周一手回乡下看望过他老母亲，那是个山清水秀的养生好去处。周一手亲口说过，老了就回那里颐养天年。当时自己身无分文，还是从公园里牵了一辆山地车，乘着月色摸到林峰国营农场时，天刚放亮，晨雾缭绕在半山腰间，雾霭蒸腾中的灵通山如梦如幻，如洗如练。就这样去不好吧！春耕叮嘱自己说，于是他干脆在一个小山坡上坐了下来，等朝阳在灵通山上映出霞光时，才继续朝前走。

他从地上捡起一截废铁拴在车头上，又从田头的稻草人摘走一顶破斗笠扣在自己头上，就叮叮当当敲起来，一直敲到露干雾散，仰头一看，太阳不再是一个丽红的蛋黄，微微一阵晨风从溪面拂来，传来几阵捣衣声。过了一座桥，一排红色的砖瓦房掩映在两棵高大的南洋楹树荫下，四周一圈围墙圈成一个独立的院落，墙头杂草丛生，苔痕斑驳，连房顶上都长满杂草。林峰农场到了。

他若无其事地转进院子里，径直转到第三间的葡萄架下，一只米黄色的母鸡把泥土刨得像纷飞的锯屑，一群小鸡在它爪下寻觅食物。但那大门上竟落了把生锈的铁锁。不用装，他悄悄地走了。

春耕一想起那段黑洞洞的日子，就一阵抓狂。他进厂五年，原本一个农家子弟，进了农机厂等于鲤鱼跳龙门，才五年，就掉进了另一个深渊里，家里耗了三头耕牛，五头菜猪都没能保下他。一年后，父亲在唉声叹气中过度吸食劣质烟得肺癌走了，母亲在一次打猪草时摔下悬崖深潭里也走了。大哥在一次探监时说，你这短命鬼，兔崽子，你一把火把一个家烧没了，还得我们给你交杂七杂八莫名其妙的保命费，我和你嫂子没日没夜烧砖，挑沙石，赚几个血汗钱全被你耗没了，跟你同一个爹妈真是倒大霉了，比被雷劈了还惨。

哥哥一席话说得他有家不能回，也不想回，回去遭白眼，呛白话，还真他妈不如一头从南山桥上跳下花山溪算了。他只有睡草垛，站屋檐像个夜游魂一样过日子，地里的甘蔗，地瓜，青枣都是他充饥的食物；别人的自行车，工地上的铁件都是他的生活来源。

那天晚上，春耕游荡到花山溪的河边，躲在一片茂密的甘蔗地里，夕阳的余晖刺在他赤铜色的脸上。透过竹林他看到清凌凌的水面划过一架竹排，一个打鱼人在下网，然后把竹排拖到岸边走了。他想，真是老天垂怜，运气好的话，今晚可以吃到鱼肉了。花山溪以前有很多鳜鱼，不知现在是否还有鳜鱼，只有等待夜幕降临才知道。随手把甘蔗渣和甘蔗尾都丢进河里后，天就真的黑了。当时自己拍拍手从影影绰绰的甘蔗地走了出来，摸索着走下几坎大台阶，蹲下身来解开竹排的缆绳，把竹排放下河面，正准备撑杆而去，一回头，看见竹荫下站着一个人影，一动也不动地看着他干完这一切，倏的一下头皮发麻，头发都竖起来了。

“谁？”

影子没有应答，只微微颤了一下。

“干什么的，吓人干吗？”

还是没有应答，但那影子转过身来，死死地盯着，一头长发遮了半边脸。真是遇见鬼了。这时，微微感到一丝气息从对面吹来，让人稍微回过神来。他试探着向前迈一步，影子后退半步，他再迈一步，影子又后退了半步，他和影子之间的距离不过是三步之遥了，互相站定不敢动，像两根木桩，彼此能听见对方的心跳。一轮圆月从河中升起，起风了，竹林发出唰啦啦声响，令人心头发怵，准备抽身而去，这时影子说话了：“春耕，是你吗？”

这会说话的影子正是阿娇！

9

阿娇嫁给聚贤也就一年多光景，这家有着美好前程的农机厂就被火烧掉了。周一手办公室里的规划蓝图还散发着墨香呢，如今人去楼空，就等蜘蛛来结网了。几千号人曲终人散，各奔前程。那个陈书记被抓回来判了两年，出来时刚好目睹了这一切，人家连眼睛都没眨一下，收拾一下行装走了。一年后，大家就知道他的厉害了，人家自己创业，在江城开办了一家规模不小的农机汽车厂。摇身一变又成了成功的创业乡贤，有模有样地站在各种招聘会主席台上，任人合影留念。再掏一笔钱捐给社会公益，形象一下变得更加高大起来，成了一个大善人。

令人蹊跷的是，周一手的乘龙快婿海运副厂长，他好像有预感似的，在陈书记失踪不久就辞职下海了，至今都没人知道他在哪里发财。有人说，这是周一手秘密安排的，说不定他现在在某个城市创起更大的汽车厂了；还有人说，这小子是被周一手一家人给踹了，更新的版本是他把周千金给踹了。反正说得有鼻子有眼，是风是雨只有他们自己才知道。反倒是，农机厂倒了，周一手一下就蔫了。那天在解散大会上，他有点激动地站起来，向大家鞠了一躬，就说一声："对不起大家！"然后颓然坐回座位上，一言不发，直到大会结束，他默默消失在人群中，在办公室里留下一串钥匙，走了，再也没有人见过他和他的家人。

最没着落的当数阿娇两口子了。昔日的陈副厂长，风光还不到一年，转眼间就和大家一样，变成一个无事人。他们开始了一年多的奔波生活，北京、上海、广州、深圳、厦门这从北到南一圈奔波下来，跑累了，掏空了，一无所获地开始在家喝闷酒，喝着喝着就喝高了。在乙醇的作用下，聚贤胆子壮了，开始骂娘，骂天骂地骂自己，捶胸顿足，痛哭流涕，把失落的那点情绪发泄得变本加厉。阿娇开始劝他，他转而开始骂她说："不要脸，吡，婊子。"

那阵子，阿娇总是梦魇缠身。有一次她梦见在监狱受难的春耕，室长和很多人一块儿欺负他，他被叠罗汉一样压在最底层，然后室长开始用脚不断地踹他的头，他的身体，他动弹不得，在地上苦苦求饶，室长一声令下，他被一把拉起来，让他像耶稣一样张开双臂贴在墙壁上，赤身裸体，头上顶着一牙缸的水，要求他要滴水不漏地站着，然后一盆又一盆的冷水往他身上浇，众人一边浇还一边笑，说要帮他洗去罪恶。还要他不断地说，谢谢大哥，谢谢二哥，谢谢三哥，每浇一盆水他就要说一声谢谢。直到他晕倒在地上。她好像听见他在梦中喊自己的名字：“阿娇，救救我，救救我……救救我。”

梦醒了，她汗淋淋呼地一下坐了起来，打开床头灯，看见自己的男人坐在沙发上，冷冷地看着自己，那眼光，如剑锋芒，又如寒冰从脚底升起阵阵寒气，让她从骨髓里感到冷。这可完了，一切都结束了，他可能听见自己梦里的内容了。这次他没有喝酒，也没骂娘，却呼地一下站了起来，转身开始收拾行装。她没有挽留，默默地看着这一切，看着这一个徐徐即将落幕的结局。他重重地关上大门，转身又迈脚进来，朝她莞尔一笑地挥了一下手，说：“再见！”

这次他真的走了，谁也没有“再见”过他，有人说他跟了一个传销组织，也有人说他去了新疆，反正再也没有回来。他一走了之，阿娇的心一下空了。她觉得这几年输得太惨了，一脚踩空，掉下万丈深渊。像一块千斤的石头压着胸口，沉沉的梦魇，就像那个漫长的冬天，天空总是灰灰的没有一丝温暖。她开始整夜整夜地失眠，到后来变成一个真正的夜游魂，披头散面地游走在这个世界上，一千个燃烧的太阳她也感受不到温暖。如果还有一丝丝留恋的话，那是来自她体内新诞生的生命，好像是另一个遥远星球对她捎来的问候，她还没来得及告诉他，他就离家走了。

10

春耕不能再等了，刚才阿娇说在街上碰到周一手老婆周阿姨在药店抓药。周一手要真死了，这账找谁算去，绝不能让他这么便宜就死，就是死，临死前也要把账算清。他妈妈的，找他算账去，不能这样便宜了他。

春耕气呼呼蹬着自行车在前面跑，阿娇拼命地在后面追。

他很快抬头看见梨花巷146号的门牌，黑灰色的砖墙下，那扇重新上过漆的银灰色铁腰门刚刚关上，门内还站着一个人，警惕地朝这边张望。春耕紧身上前，见了门内的老人他嗫嚅着，喉结发硬，他叫不出口。

“是你！”门里人先开口，来人微微点头。

“什么事？”

“我找他。”春耕终于开口说话了，眼前这个他叫过千万次阿姨的人，现在他竟找不到一个合适的称呼来叫她。

“找老周是吧，”周阿姨犹豫了一下，“改天吧，他刚出去。”

“谁呀？”楼上传来熟悉的声音。“让他上来吧！”

周阿姨拉开门闩，让春耕进来。一楼光线昏暗，堆满了各种旧家什，几面立柜特别显眼地占去大部分空间，还有几摞蜂窝煤堆在水泥楼梯的拐角处，其他还算干净。二楼红砖地板已经有坑坑洼洼的岁月痕迹，透过木窗半掀起的窗帘布，他看见周一手躺在白色塑料躺椅上，一条棕色小毛毯盖在身上，一瓶透明的药液挂在墙壁上，在重力的作用下，一点一滴地流入他苍老的体内。他旁边是一张组合藤制硬沙发，黑色石板茶几，一支烟搁在烟灰缸上，盘起一圈圈的烟雾。

周一手有些吃惊地要挣扎坐起来，他老伴快步上前搀着他，把躺椅拉成靠背椅让他坐着。春耕走到他面前站定，目光热辣辣地朝他脸上咬，周一手黯淡的眼睛一下有了光芒，他不回避，也直直地回咬他，没有一丝畏惧。

“你坐嘛，来，坐下来说话，坐下来吃茶。”周阿姨极力劝说春耕坐下。

春耕一甩手，站在原地不动。女主人已把一杯热茶放在他的跟前再次劝他坐下。

“放心，我今天不会为难他。”说着他干脆一屁股坐下来直视对方。“但有些话今天必须说个清楚。”他斩钉截铁地说。

“为难不为难，你这年轻人就不对了，你看老周都这样了，你这么气汹汹追到他面前，要真有闪失，你说得清吗？我们就剩两把老骨头了，怕什么，你要就收去，有什么话不能好好说呢。”这一个皱巴巴的老太太就这么一下厉害起来了。

“我跟他的事你不知道。”

“我不管你们什么事，他现在又不是你什么人，你有事找领导，找政府，找法院，你找他干什么。”

“让他说，”周一手说，“让他说，怕什么。”

“凭什么说那把火是我烧的，你说，你给我说清楚。”春耕指着他的鼻梁责问。

“你说，那么大一个厂里就你一个人在里面，火灾调查报告里明明白白写着，着火点在仓库与车间交接一侧，那就是你的办公室。”周一手说得有点激动，他一激动就习惯性地要拍桌子，一拍桌子就把烟灰缸给拍到地板上。

“你也不用激动，咱有话慢慢说，做人要讲道理。你的事我也听说了，即使有什么不对的地方，你也应该找政府，找法院才对，我们老周为农机厂干了一辈子，他得到什么，现在连个医保都没有，每月就一千块钱的退休金，还不如现在一个刚毕业的年轻人，医保社保样样都保，刚上班就有一千多块，他得到什么，人家退休什么都有，同样吃国家饭的，我们有什么，还得住亲戚的旧房子，找谁说理去呀！”

“那是他无能，那么大一家大企业，形势那么好，在他手里头关门大吉了，怪谁呢？你让他说，这几千号人一下被他弄得下岗的下岗，失业的失业，大家都没了饭碗，他要负什么责任？”春耕越说越激动，呼地一下站了起来！

周一手没有辩解，他一下被拉回十五年前的那场动荡之中，几次欲言又止，太阳穴都鼓起来了，他反复冲对方说一句话：“你懂什么？你知道个屁。”

这时楼下响起敲门声。

阿娇追来了。

里间传来一阵歌声，听得所有人心头一颤，所有的争吵戛然而止：“你从哪里来，我的朋友，好像一只蝴蝶，飞进我的窗口，不知能作几日停留……”

11

从周一手的犁花巷回来，春耕没有回家，他跑去农机厂后面的土墩上坐着，一直坐到天断黑，坐到深夜。面对那片衰败的厂房，若隐若现地掩映在另一片新楼群之中，这块新楼群正是当年政府要出资入股农机厂的那片土地，如今变成一片钢筋水泥森林，内心一阵闹腾，不知不觉中淌下泪来，他想大哭一场。为自己，为阿玉，还是为阿娇，他说不清内心的杂芜。阿玉刚才那阵歌声，让他很受伤，他突然间明白，这么多年来，阿玉才是最不幸的人，她的苦没人可以分担，她只有承受，承受不了时，她就跳到另一个苦海中去，这是她对自己的惩罚，或说在逃避，逃避到另一种生命形态上，进行一场马拉松式的与自己的生命做搏斗。

碧玉和父亲正好是正反两面性格，周一手是个勇往直前甚至不计后果的人，他认为对的就是对的，错也是对的。可能领导当惯了就容易养成这独断专横的性格，就像他主导女儿的婚事一样。一直在自己眼皮底下的女儿，当父亲的能不知道她的心事吗？但他压根就不听阿玉的意见，或说仅把她的意见当参考，一切还得他说了算。他说他绝对不能把女儿嫁给一个不听指挥，不服从大局的人。他把领导的绝对权威延伸到家里来了，他这武断的一刀切标准，一下就排除了春耕和惠生两个女儿最中意的优秀选手。

而碧玉是个表面乐观内心优柔寡断的人，她从小就被父母晓以大义，要她成为家庭的最后希望，她的内心一直是忧郁的，只有在厂里上班时她才会敞亮。以前惠生问她时，她说去问我父亲。春耕去问她时，她还是那句，去问我父亲。偏偏这两个傻蛋又过不了她父亲那一关。就在周一手要把女儿推到海运怀里前半个月，春耕还私下见过一次碧玉。

那时周一手一家人住厂里家属楼，两居室套间，周一手夫妇占一间，傻儿子占一间，碧玉住在家人隔壁的单间。那时碧玉早已被父亲“软禁”在家，不许她到厂里像当啦啦队长那样乱疯去。春耕托她厂里的一位心腹姐妹给她捎了一张纸条，到下半夜两点多他终于顺利地潜到她的房间里，在这之前连海运都还没到过她的房间。留给他们的幸福时间只有拂晓前的两三个钟头。这两三个钟头却都被碧玉的眼泪流光了，他不断地摇她的肩头问：

“难道就真的这么认了吗？就没有其他补救的办法？”

“不知道。”她摇头说。

“你真的喜欢那个‘猪头三’？”

她又摇摇头，哭。

“那我们走，跟我走，现在就走，天涯海角，都行。”

她再一次摇头！抽噎着说：“你是知道我的情况的，你何苦与他作对呢。”

春耕无言以对。这时窗外响起轻微的脚步声。

想想自己怎么就一点不体谅阿玉的感受呢！让她勇敢地站出来，和他私奔？她敢吗？那样她父亲周一手呢？厂里已是个烂摊子，让他又陷入家中的烂泥滩里，说不定他真的会疯掉；还有她母亲呢？还有她那瘫痪的哥哥呢？自己怎会那么自私，当时根本就不理解阿玉那欲言又止的意思，“你是知道我的情况的。”直到临走前她还说了一句：“希望你今后不要为难他。”

她真是太艰难了，当初自己怎么就不设身处地地替她想想呢？他觉得自己有罪。阿玉也是给过自己机会的，那是她婚前三天，他们躲躲闪闪地在那棵玉兰树下，她说，“带我远走高飞，好吗？越远越好！”那是她唯一一次主动求他，现在回想起来，自己简直是浑球一个，那是她在向自己求救，而自己做了什么？一把把她推开，推回到那万劫不复的深渊里。当时自己还在怪她，还在生她的气，怪她没主见，她不应该为父亲的一句话，就牺牲自己的一切。那时，自己哪顾及得了别人的感受，简直就是个赌气的孩子。回想起来，自己就是在拒绝一个溺水者爬上自己的小舟，最后眼睁睁地看她被潮水卷走，卷进最深的漩涡中，她无力挣扎，直到最后她离开了这纷纷扰扰，是非曲直，明争暗斗的世界，把自己隔绝起来，听凭于父亲的一根链条，把自己锁在一个幽暗的角落里。如果还有些许记忆的话，那就应该是那双红色的高跟鞋了，这或许是她掉进漩涡前唯一抱住的一根稻草。

那么这双红色高跟鞋会是她记忆中的什么密码呢？他百思不得其解。红，红色的红，丹红、霞红、血红、火红……他用树枝在地上写了无数个红，在他眼前红成了一片，红到最后是天边出现一片殷红的晚霞，映红了他的脸，他继续在写“红”。

春耕到半夜才回来，孩子早睡下了，就剩阿娇一人坐在饭桌前等他。桌上摆好卤豆腐、红烧肘子、水芹、凤爪、泡鸭掌和腰果，还有一瓶长城干红和两个高脚杯。他讪讪地坐到饭桌前，阿娇启瓶往两个杯子都倒满酒，她说：“伙计，今晚我们干一杯。”说罢一仰而尽。春耕很不自在地干这一杯。阿娇又满上第二杯，说：“谢谢你救了我们母子俩，这么多年来你没有一句怨言，谢谢，干一杯。干！”说罢又一仰而尽。春耕欲言又止，也跟着干了第二杯。阿娇又续上了第三杯，说：“天下没有不散的筵席，十年了，我们好聚好散，今晚开始我还你自由，去留请便。”春耕喝不下去了，他要夺阿娇的杯子，阿娇不让，又干了。他知道，他这一杯喝下去，结局就明了了。

十年间，他没见阿娇喝过一杯酒，他们没红过一次脸，每次自己心情不好时，喝酒、摔东西，发泄一通，阿娇就像个宽容的祖母，原谅一个不小心碰掉一个瓷器的孩子，待自己情绪过去了，把一切打扫得干干净净，翌日清晨起来，就像什么都没发生，一切风平浪静。今晚是怎么啦，阿娇这分明是在下逐客令，他内心一阵恐慌！一场失败婚姻的分离，还需要一道分手的仪式，而他，一声再见就一切结束了。他们原本就是一对伙计，在别人眼里空背一个无实的虚名，没有任何婚姻的凭据。

说起来都没人相信，在别人的视线里，他们出双入对，俨然一对小夫妻，加上一个孩子，在一起平静地生活了十年，这是多么完整的一个小家庭，可是他们原本就是不搭界的临时组合。自那天晚上在河边碰上阿娇，那时阿娇体内也有了三个月的小生命，他们什么话都没说，紧紧地相拥在一起，后来，他默默地跟着阿娇回到她那冰凉的出租屋里，一起生活下来。虽然他们睡在一张床上，春耕从未钻过她的被窝。直到小孩三岁了，阿娇几次要钻他被窝里，都被他拒绝了。他在监狱里被废了。那变态的室长，进去第一天的第一份见面礼就是“杀猪”。后来他才知道，每个进来的人都会有这份见面礼。“杀猪”要剥光身上所有衣服，赤条条地站在寝室外，夏天用热水，冬天用冷水，一勺一勺地从头往脚下浇，再拿把刷子从头到脚涮一遍。他们说是帮他消消毒，消完毒让他睡最里面靠便池最近的那铺，室长睡最靠近窗户的那铺，监室里的几个人就靠这点规矩取乐，建立他们的等级制度。他还算好的，有一个当小偷小摸进来的，那人看上去还是个孩子，杀猪消毒之后第一晚，室长抓一只蚂蚁放在便池边，让他为这只蚂蚁站岗到天亮，只要这只蚂蚁跑出他画的边界，或说死了，那就会有他好看的。最让人受不了的是，室长还让他们六人之间经常开展拔河比赛，谁输了，谁就得为他服务一晚上。春耕经常输，就得为室长服务。太龌龊了，春耕嫌恶心，经常用头撞墙，动静大得如铁钟砸墙，监狱以为要越狱。监警来了，也不能说，半年下来，发现自己废了。阿娇不信，百般撩拨，还是不行。这是春耕最深处的痛，是一块无法愈合的伤疤。一想到这，他就痛不欲生，恨天恨地恨自己不争气，恨周一手无情无义，接下来开始喝酒，发泄，摔东西。

生活中允许有打打闹闹，这么平静地说“分手”，春耕感觉被人从背后点了穴一样，一瞬间他像个凝固的雕塑，他的手僵在半空中，既没上前夺杯子，也没落回自己的座位上。这么多年来，只有今晚才认识了一个真实的阿娇，文静的背后其实汹涌澎湃，这些年自己一直忽视了她的感受。愣了那么一会，他才重重地坐回自己的椅子上，抓起桌上的酒杯，开始慢慢地自斟自饮一杯酒，借着酒劲对阿娇郑重其事地说："我错了，其实是你救了我，这么多年来我一直生活在仇恨之中，我被仇恨毁了。如果，你不再收留我，我明天就走……"

阿娇脸上淌下两条平静的河。他上前一步，抱起她坐在那把破旧的摇椅上，第一次为她唱起一首歌：

这绿岛像一只船
在月夜里摇呀摇
姑娘哟你也在我的心坎里飘呀飘
……

唱着唱着，对方一下一下的心跳，就像一阵催人醒来的晨钟，有一股冲动的欲望，他们抱得越来越紧，到了窒息的程度，生命在另一种深度开始萌动，犹如惊蛰过后醒来的生灵们！

"再给我一些时间。"他说。

"嗯。"

外面的夜好深沉啊，连一声狗吠都没有……

12

春耕早把那双红色的高跟鞋补好了。

其实，自打周一手拎那双高跟鞋来那一瞬间，他就开始心神不宁，它就像一个谜嵌进他的脑海里，为它焦躁不安，这真是最折磨人的事。这一个多个月来，他被一双鞋打败了。自己补了十年鞋，如今在这双红色的高跟鞋面前，变得无能为力，败得很彻底。它完美无缺呀，你找不到它的一丝破绽，这原本就是一双新鞋，一个针头扎下去它就会留下一个眼，那是蓄意的破坏。每天，只要他一瞧见这双红色的高跟鞋，自己就像疯掉一样，觉得眼前仿佛有火光燃起，心智全乱。

阿娇那次曾当面向周一手夫妇问起鞋的事，他们含糊其词，只说这双鞋是阿玉当新娘时穿的，就穿一次之后再也没穿过。只是她每次一见到这双鞋，就发作了，说：“呸，鞋，破鞋，这是一双破鞋，要补，一定要补。”

那些日子，他们一家人被一双鞋折腾得精疲力竭。她总是鞋不离口，鞋不离手，连睡觉也抱着那双鞋。一醒来就开始端详那双鞋，把鞋当命根。拿在手上当镜子，照啊，照，照入神了就开始嚷嚷，说是破鞋，这明明是她自己只穿过一次的新鞋，怎么会破呢，但一个疯子说是破的就是破的，谁能跟她说清是非。她母亲几次试图把鞋藏起来，不行，找不到鞋，她的疯劲就上来了，非闹个大翻地覆不可。他们平时很少锁她，只是那几天疯得厉害，一天到晚拿着那双鞋当手拍拍，一边拍，一边唱："破鞋，破鞋，妈是破鞋，爸也是破鞋，阿玉也是破鞋。"然后开始用鞋不断地打自己巴掌，打肿了开始哭，直哭到她昏死过去。家里天天都是鸡犬不宁。那天，她爸一把抢过她手里鞋说要到街上补鞋，奇怪的是，她好像知道她爸真的要补她那"破鞋"似的，竟不闹了，还嘻嘻一笑说："再见。"

他们家总算平静了一阵子。

其实还有一件事周阿姨没说，阿玉是怎么疯的。农机厂着火后，阿玉就开始出了问题，她害怕看见火光，甚至害怕看见一切红色的东西，一见"红"心性就乱，他们认为女儿是中了邪，可能跟这双红色的高跟鞋有关，这双红鞋成了他们全家的心病。他们听说县城有个老中医能治阿玉的病，才带阿玉来治病，才住到县城来。

那天，春耕看那双鞋看久了，又觉得有火光燃起，他觉得眼前的火越烧越旺，竟燃起熊熊大火，不知不觉中，涔涔的汗水从脸颊上流淌下来。阿娇轻轻端上来一杯水，让他回过神来，这会儿，他觉得大火熄灭了，只剩下一朵映山红映在眼里，他说了一句莫名其妙的话：

"善恶其实在一念之间。"阿娇呆呆地看着他。

就在那一瞬间，春耕知道该如何补好这双鞋了。他寻来一块和这双鞋一样的红色皮革，先剪下两朵花，再剪下两只蝴蝶，一并粘在这鞋面上。两朵花上停着两只娉婷欲飞的蝴蝶，原来光溜溜的鞋面一下生动起来了。他想，红色应该是蛊惑她心灵的魔咒，如果红色是她灾难的魔咒，那最好的拯救是给她一双飞翔的翅膀，想到这，春耕觉得得意起来，会心地笑了。

鞋补好了，他开始等待人家来拿鞋。半个多月过去了，他们始终没见周一手的身影，阿娇几次试探着问：

“他们，是不是搬走了。”

“他们是不是真的搬走了？”三天后他又问阿娇。

“有可能。”

“走，看看去。”

梨花巷146号灰色的大门紧闭着，阿娇上前轻轻叩响门铛，良久，才听见屋内有人下楼的声音。咯吱一声，是周阿姨开的门，脸上更加沟壑纵横更像干尸了。一见他们来，她摆摆双手，说什么也不愿放他们进门。

“阿姨！”春耕很艰涩地叫了她一声阿姨，她怔了一下。他一扬手中的那双红色高跟鞋，她侧过半个身子，就让他们进来了。

周一手还躺在那张椅子上，春耕先向他扬起那双高跟鞋，表明他今天来的目的不是吵架。躺椅上的周一手已经说不出话来，整个人都黯淡下来了，喉咙里好像有一口痰在骨碌碌地转着，他啊啊地挣扎着。周阿姨上前扶住了他说："你们那天走后，他就成这样子了。"说着用她深邃的眼窝盯着春耕。春耕低下头，看见周一手颤颤地扬起一只手，他上前握住这双长满老人斑的老手，这一握，双方都显得很激动，另一只长满老人斑的手拍了拍春耕的手，千言万语，只有他们才懂。

周一手一激动，病情又加重了。还是春耕叫来救护车，但他全瘫了，再也不能说话了。关于那场大火是怎么烧起来的，那双红色的高跟鞋，还有碧玉是怎么疯的，注定要成为春耕一生的谜！

足迹

曹化民紧跟在儿子身后，他真怕自己会走丢在大街上。

他没想到三十年后的中州令他这样陌生，满大街明晃晃的车灯照得他头晕目眩。他记得三十年前的中州可不是这个样子，偶尔地能碰见一两辆绿解放，车上还有解放军，对，他还见过吉普车，那喇叭多清脆，“叭”的一声响彻云霄，一溜烟就没在烟尘里。如今，这一切变得多么快，一幢幢大楼拔地而起，那色彩斑斓的大街和那花花绿绿的街灯，眩得人两眼昏花。还有那密密麻麻的车流，像一条咬着一条的鱼，还有那潮水般的人群，这一切都变了，街道越宽反而变得越拥挤，变得十分陌生。

“叭”的一声，曹化民吓了一跳，转身一看，自己挡住了一辆正右拐的车子。儿子曹小双回头搀扶着趔趄的父亲，招来司机一个白眼。他们小心翼翼地一起没入人流中。

“累不累，爹，累了咱打车。”

“不累，爹喜欢走走，慢慢走才能看风景。”

曹小双听爹这么说，也不再坚持，可是看爹怎么也不像看风景的人，他的目光在寻找，寻找中透出一股困惑，他的心抽得紧紧的，正月初四在县医院那里，爹就被医生判了日期，少则三个月，多则半年。一家人都不甘心，刚到花甲之年的爹马上就会像断线的风筝一样，随时从他们的眼里消失了，就费尽口舌地把爹从三百里外的乡下哄到中州大医院。

今晚，他们走过九龙公园、中山公园、解百商场、小吃一条街，他们蹒跚的身影，把这个多彩多姿的城市走得无精打采，曹化民知道这是儿子用心这么安排的，尽可能地让他见世面。曹小双带着爹在小吃一条街吃了一碗炖罐，鹌鹑炖枸杞，这地方的小吃在全国都鼎鼎有名，他想让爹尝尝。他们还在九龙公园并排站着照相，在曹小双的记忆中，这是和爹第一次合影。到解百商场，他要带爹体验坐电梯的感觉。还带着爹打车去串了一遍立交桥，还花了一百元登上全市最高的灯塔看夜景，这些全是爹的第一次，也可能是最后一次。

这些琳琅满目的东西，层出不穷的游乐场看得他爹心里直感慨，曹化民想呀，这看风景也要趁年轻呀，城市里这么多令人目不暇接的风景，看来它都是为年轻人创造的呀！他心里闪过乡下那尘土飞扬的公路，绿茸茸的山，黄灿灿的稻谷，虽说这颜色对城里人来说也很刺眼，但乡下人看它却分外柔和，十分养眼。虽然现在到了大城市，但他心却挂着那乡下，他想过几天就要春耕了，今年家里要莳五亩的禾，过几天就该下谷种了。可是一想到来中州前，这二小子把家里的三头长势正旺的猪条子，还有那头今年就能养犊的牛牡全卖了，这牛一卖，耕田人还耕什么田呀！看来这二小子是铁了心不让自己耕田了。

曹化民一直管儿子曹小双叫二小子，这二小子从小就生得倔，犟起来也像头牛，父子俩做事总是南辕北辙，很少能尿到一个壶里去。前些年这二小子又背着他去当兵，如今在部队上了学算有出息了，家中大小事就更独断专行了，包括卖那头牛牡，让曹化民很是生气了几个晚上。可是不行，以前父子俩拗气时，起码老伴是站在自己这边的，这次好像全家都串通一气，全站在二小子一边说理，年初四就把自己拉到县医院去检查，查了半天，连医生都说没事，在家养养就行了，可是这二小子偏不信医生的话，把家里能卖的牲口全卖了，从县医院一回来，连人都变了，整天东奔西走，有什么话非要神秘兮兮地拉着姐弟几个到小河边去说，好像有什么事非要瞒着我。过几天又说我有什么肺结核，又非把我拉到中州大医院来治疗。“你老爹要真是有个什么‘歹症头’，你们可要说出来才好，可不能让我不明不白的，到阎罗王那里怎么报道呀！”

曹化民几次把话吐到嘴边，看二小子那嘻嘻哈哈的样子，又把话咽回肚里，他知道，这种话不可能从他的嘴里套出来。他想好，也就顺这二小子一回，到大医院来再复查复查，要是能查清那后背疼是啥作怪，也不枉来中州一趟；但不管复查出什么结果，三五天之后自己是定要回家的，如果是“歹症头”是更要回家的，乡下人，要老在家里才不会落个坏名声。可是晚上跟二小子到街上一走，才发现，如果二小子不同意自己回家，自己连东西南北都分不清，哪谈得上回家。

回想中州以前也来过一趟，不过那是三十年前的事了。那是在一个深秋，自己跟着浩浩荡荡的劳动大军，到一个离家二百里外的地方修建水库，走了三个月，转眼到三九寒冬，大队让每个生产队派一人回村拿冬衣，自己女人捎来几件冬衣外加一捆咸菜。当时也没在意，直到自己蹲在小河边洗咸菜时才意外地从咸菜里洗出一张皱巴巴的、浸透卤水的五元钞票。这是一张米黄色的，上面印有产业工人手持钢钎生产画面的五元钞票。这张钞票被捻成一截小棍子模样，夹在咸菜芯里，又用菜叶密密包裹，只要不打开这捆咸菜，没有人知道其中的秘密。

能不知道这张钞票的来历么，这可是自己临走前留给她们娘儿五人唯一的现钞，是全家的盐油钱，自己女人却原封不动地把它塞在咸菜里，连同冬衣一并寄来。她是担心自己整天重体力劳动吃不消，想让自己用来改善一下伙食。当时还是生产队，那时的人家，一分钱都比铜锣大，一分钱要掰成四瓣花。那时一斤肉也就七八毛钱，五块钱能买六斤三两肉，那可了不得，够她娘儿五个半年不断油。当时五块比现在的五百块还管用。“唉！这臭娘们。”当时看到这张钞票时，脱口骂自己女人一句，你怎么那么傻？不说你整天也在田里劳作吃不消，光那嗷嗷待哺的四张嘴，长时间没油水也不行哪。

往事哪堪回想，谁曾想，这五块钱竟然让自己玩了一趟中州。

爹拖着那么疲惫的脚步走在身旁，曹小双又建议说：“咱们坐三轮吧，爹。”

曹化民摇摇头说：“不，那多费钱。”回想三十多年前，自己就怀揣女人寄来的那五块钱，还约上几个工友，逛遍了整个中州城，还一人吃了一大碗卤面。那时候的中州，还有很多砖瓦房，青的砖、灰的瓦，高高的廊柱，雕梁画栋，飞檐斗拱，整条街看过去真像画里的一样。那时最高的大楼也就七层，全是红砖水泥板盖起来的，今晚走了大半个晚上却见不着影了。

一阵冷风袭来，曹化民禁不住打个冷战，一个多星期来昏沉沉的头脑一下变得清晰起来。他突然有一个念头闪过，他不愿多回想，这几天来，这二小子变了，他变得越来越恭顺，他刚到花甲之年，自己并不糊涂，他看了太多儿女对老人恭顺背后意味着什么。闪过这念头，曹化民反而平静了，他指着路边休息的水泥椅子，示意坐下歇一会儿。

曹化民向儿子要根烟抽，尽管这些天来，他一直瞒着家人在偷着抽烟，曹小双更是明确反对他抽烟。曹小双犹豫了一下，还是给爹点上一根烟，他知道爹有话说。

“你妈一生挺苦的，小时候是童养媳，跟你爹之后没享过一天福，以后你们要对她好一些。”曹化民长长吐出一片烟雾接着说，“要记住她的胃不好，不能让她吃冷菜剩饭。”曹小双点点头。“你长年出门在外，凡事要忍七分，让三分，一切就平安，记住。”当爹的不看儿子的反应，只顾说下去，“你们不用往我身上多使钱，我自己的身体自己知道。”曹化民说到这有点心酸。

曹小双也被爹说得有点心酸，心想一家捂盖子一样，把答案对爹捂得紧紧的，结果爹还是隐隐约约地感觉到了什么，心底一阵阵难过。想想自己在杭州一待就是十几年，却从未把爹和老娘接到那天堂一样美丽的地方来见世面，曹小双当下建议说：“爹，我们干脆乘飞机去杭州，让你体验一下在天上飞的感觉，你还可以看看儿子的军营。”他想，不但看飞机而且还乘飞机，这是爹平时做梦都不敢想的，爹却摇摇头表示没这个念想。他又想起爹年轻时演过戏，他演过《白蛇传》的许仙，就进一步建议说：“杭州有白娘子和许仙相会的西湖，你可以亲自去看看那地方和戏里演的是否一样。”

曹化民又一次摇摇头，像是下了很大决心，说：“我只想看看当年被我摸过的那对石狮子，我走了一个晚上竟没找到它。”曹化民告诉儿子，三十多年前那次他来中州，他见过一对石狮子，他说那对石狮子真好看，大青石雕成的，威武生动，他没见过真的狮子，他认为真的狮子就该那个样子。最令他感到神奇的是含在石狮子嘴里的石珠子，能自由滚动又牢牢地含在狮子嘴里面，他几次伸手去掏那石珠子，就是掏不出来。时隔三十多年后，他自己竟会因病被儿子带到中州来故地重游。

曹小双又怎么会忘记那对石狮子呢，他们姐弟几个小的时候，每碰到台风暴雨生产队不能出工的坏天气，全家人就挤在一张大床上听爹唱戏、讲故事，爹每次都要讲那对石狮子的故事。他说那石狮子真大，放在石墩上有他人那般高，双目圆睁，连颈背上云纹鬃毛都要竖起来，他说那应该是一对怒狮，才会那么威武，站到跟前就能感觉到它就要向你扑来的气势。更令他感慨的是那狮嘴里的那对珠子，他怎么也想象不出它是怎么凿出来的，那是个什么样的能工巧匠才能从石狮子嘴里凿出珠子来，又刚好能活动自如，还掏不出来。这个故事曹小双姐弟几个从小就会背了。现在姐弟们都长大了，爹不提醒都忘这档子事了，没想到爹会在这时提出想看那石狮子的愿望。

他想起医生的话，这时候顺老人意就是最大的孝顺。人多奇怪，一座城市留给爹的记忆竟是一对石狮子，看来今晚无论如何也要找到它。

在一座文庙前，曹化民缓缓走上前去，在庙前这对石狮子前站定，在街灯的照耀下，曹小双感到这对石狮子真像爹说的那般高大，威武而且生动，他和爹一起走上前去打量这对石狮子。这时三轮车师傅叫住了曹小双，他第三次跟曹小双谈价钱，他们怕被爹听到。他们第一次谈价钱时就弄得爹一脸不高兴，差一点就不坐三轮车了。从刚才中山街算起，今晚他们已走过延安北路—东浦路—西弄街—洪山路—建国中路—南霞路—葵花巷—虾米弄。这路程算下来也不太远，也就十几里地，可是一路走走停停，每看到一对石狮子，这个老人都要走上前去抚摸一番，师傅看出来了，他们可能是出来寻找村里或家乡哪个庙宇丢失的石狮子的，他这时向曹小双要了翻倍的价，要二百元的辛苦费，随他们走到天亮都行。

曹小双不想破坏爹今晚的心情，他向师傅点点头又走到爹的身边。他看爹对这对石狮子看得多仔细啊，他先围着石狮子走一圈，伸出满是老人斑结满硬茧的黑手，缓缓抚摸着这冰凉的石狮子。街灯把石狮子的投影拉得很长，长到足以遮住无人问津的历史。他知道，这一刻爹的心是多么柔软，他在翻阅过去的历史，翻阅他生命的足迹。你看，爹这手上的黑茧是六十多个秋冬的风霜侵蚀出来的，这茧得握细了多少根锄头柄才能留下。爹的一生几乎没出过远门，总是双肩挑斜阳，一双泥腿子般地过日子，一生自诩为修理地球的工程师，到老这一天，就只想看看当年被他亲手抚摸过的一对石狮子，这情景看得曹小双两眼流酸水。

“像，这青灰色，这身上的纹理都像。”曹化民有点激动地说。他蹲下身来，目光徐徐在大青石雕成的石狮子身上滑过，就像在辨认一位失散多年的亲人，眼里饱含泪水，眼前这尊石狮子似乎从三十多年前记忆深处向他走来。此时，在他眼里这块大青石雕成的石狮子已不是一尊简单石狮子，而是他心中的一个结，一段岁月的回忆。他想起三十多年前的自己，腰系汗巾，手抡铁镐、钢钎，在大山窠的深处挥汗如雨，他们要在深谷里筑起一道水库大坝，在光滑的石壁上凿出一条十几公里长的水渠。在那个以人力胜天的年代里，上万人组成的劳动大军住在山腰简易工棚里，一百多个日日夜夜里，筑起一个蓄水几千万立方的大水库。若不是那次到上峰这地方来修建水库，若不是自己女人把家里仅剩的五块钱和一块咸菜寄来，若不是那天工地因爆破作业炸伤了几个工友而停工作业，自己也不可能来中州见一次大世面，更不可能见到眼前这般精致的石狮子。

曹小双建议爹："既然认出来了，改天咱找个照相师傅给爹照个相，以后也好带回家看。"曹化民不吱声，他又伸手几次去掏石狮子嘴里的那颗石珠子，转身走到庙前右边的那只石狮子跟前，先仔细端详一番，再上前抚摸那冰凉的石狮子，绕石狮子一圈，又伸手去掏那石珠子。曹小双和师傅看他的神色变得越来越凝重，由刚才的惊喜变成黯然，最后他转过身来对他们说："不对，当年我掏右边狮子的珠子上有个小豁口，这个没有。"说着他黯然神伤地走开了。

曹小双小心翼翼地扶着爹重新坐在三轮车上，在中州的大街小巷继续寻找他们的石狮子。他爹已经忘记自己当年在这个城市的哪个角落停留过，他更不知道这满大街不会说话的石狮子，哪一对才是当年被爹亲手抚摸过的。曹小双有些气馁，甚至怀疑爹的记忆。"反正还有时间，干脆明天再来找。"曹小双安慰爹。曹小双知道，这只是安慰，他岂敢保证明天就能找到爹当年亲手摸过的那对石狮子，三十年，一切都断代了。

"唉！感觉就像昨天。"爹长叹一口气，很疲倦地跟儿子返回医院。

翌日早晨，曹小双不能再领爹出来转了，他们陷入了没完没了的检查，又陷入药物包围，他们被包围在病房里，哪儿也去不成。一天到晚吊着点滴，曹化民变得沉默，他只盯着天花板，盯着点滴瓶。头几天，还偶尔和二小子吭几声，有时还会叫二小子出去买稀饭吃，后来，他被折腾得一点胃口都没有，连稀饭都不想吃了。曹化民觉得，人活得好不好，都应该站着像棵树，不怕风，不怕雨；走起来像头牛，四平八稳，耕几亩地不喘气；一躺下来，真的废物一样，越躺人越困，点滴越吊人越累。

曹化民不知道，他身上的癌细胞找到了，年初四县医院没有确诊，只说是占位性病变，现在确诊是晚期，医院正对他进行放疗和化疗。一天下来，他身上千百万的健康细胞和癌细胞一块陪葬。癌细胞像入侵蜂巢的胡蜂，杀死一只胡蜂，起码要死上一群工蜂。要杀死一群胡蜂，就要死上无数工蜂。曹化民现在身子像那个被一群胡蜂入侵的蜂巢，药物帮他杀死了部分入侵者，也杀死无数无辜保卫者，这是一场自杀式的疗法，待大部入侵者被杀时，他的这个巢也将陷落。仅三天，曹化民左边额头上就鼓出一个包，竟有脚拇指那般大。原本稀疏的额头，一下全脱光了。他一摸额头那个包就来气，开始抱怨二小子:“跟你讲不来这地方，你偏带我来，花钱还遭罪，你这是存心气我。”

“爹，你忍几日，医生说一个疗程人就会变好。”

“不治还好，一治头上长角，钱扔在这打水漂，不如到街上吃卤面。”

说到吃卤面，曹小双明白爹的意思了，卤面是中州最有名的传统小吃，爹在这个时候说到卤面，肯定是想到三十年前的事，爹还是放不下那对石狮子。

“爹，你就克服这几日，病治好了，我一定领你上街吃卤面，吃了卤面我们继续找石狮子。”

曹化民本来还想往下说，听二小子一说到石狮子，他的心又软了，看来二小子是懂得自己的意思。何况，他也没气力争执，越来越没气力。原本一天还有几个钟头是精神的，现在连说话都觉得费劲。到了第七天，连下床的气力都没有，看来，真的要“懒在床上了”。曹化民心想。

曹小双比爹还揪心，能听爹抱怨他还好受一点，现在爹连说话的气力都没有了。爹一生没提过要求，就想亲手摸一摸当年那对石狮子，现在看来，连这个愿望都实现不了，他的心比针扎还难受。怎么能让爹最后一个愿望都落空了呢？不行，一定得想办法让爹摸到那对石狮子。

病危通知书下达的当天，曹小双的大哥和姐夫都赶来了。一家人七手八脚地忙着要把爹转回乡下，他们不愿把爹“老”在外面，那样名声不好。曹化民几次从高烧里醒来，但他无力说话，感觉自己掉进了蚁窟中，正被无数的蚂蚁噬咬，连骨骼都被一点点撕碎，骨髓被一点点吸干，人像破了洞的风箱，鼓多大劲都吸不进来气，陷入一个又一个梦魇中，他梦见了惠宗、宗仁几位邻居，这些都是几十年的老伙计；还梦见自己的父亲和母亲，他们用拐杖抽打自己；他还梦见纪叔、森林叔、招娣、大木、青山几位兄弟，这些早已离开的人又一个个回到眼前，和自己有说有笑，好像又回到那山旮旯里，成千上万人在一起，大家一起挖山，砌大坝，对，那是在修水库。一张脸庞从一片荷叶的水滴上转出来，“阿丽”，哦，那是自己的女人，这傻女人，还寄来一捆咸菜，咸菜里还塞着五块钱。对，就这五块钱，让自己来了一趟中州，那次好像就有惠宗、宗仁、青山还有邻村几位工友。大家一块儿在一老街旁的面馆里吃卤面，吃完卤面转到一个大院前看见了一对石狮子，好威武的石狮子呀，头高高抬起，双目圆瞪，鬃毛都打着卷，好像就要起身扑过来似的。咋回事，怎么又变了，惠宗、宗仁、青山咋不见了，石狮子也不见了，两只石狮子怎么变成双亲大人的拐杖，正朝身上打来，又把自己打回那个蚁窟里——“狮子、狮子，石狮子……”

一家人七手八脚地把弥留之际的曹化民抬上救护车时，失踪半天的曹小双赶回来了，大哥和姐夫正要怪他，曹化民醒了。曹小双赶紧扑上前去，从怀中掏出一张相片给爹看：

“爹，这就是你当年摸的那对石狮子，它们被搬到博物馆了。”曹小双昨天从报纸上看到本市博物馆的一篇报道，图片上有一对从文庙收藏过来的石狮子就像爹说的那样，他就赶过去拍张快照拿给爹看。

曹化民伸出那双枯槁的手，小心翼翼地抚摸着，相片上有一对模糊的石狮子，他越看越模糊，那一对狮子越离越远。很像又不像，他想问问二小子，但他发不出声音，这时救护车启动了，一摇晃，两滴浊泪从眼角趟下来。

临机决断

1

“你能不能快点？”

“这就来。”

“这就来，等你半世纪了也不见你下来。”

张东进气喘吁吁从一楼跑到三楼，人未到303就冲房里的女人大喊。张东进人胖，胖到后劲窝都打上很深的褶皱，这么胖的人是不适合爬高的，特别是刚才碰到宾馆电梯正忙，若不是时间紧急，他不会选择爬楼梯来催促自己的女人。对着自己男人那张紧绷绷的脸，女人回他一眼窝的泪水，她觉得今天早上真是见鬼了，一家人总是丢三落四的，一会儿说儿子准考证找不到了，跑回来时又发现它好好地在老公公文包的夹层里，找到了准考证刚走几步又折回来拿早早帮儿子泡好的参茶，刚拿了参茶，她又觉得一定还有什么东西没拿全，在房间多耽搁了几秒钟就等来了老公的抱怨。看到女人的泪水，张东进降低语调说：“好不谷易拦辆车，又被他们叫走了。”

张东进说的他们，女人当然清楚是柳志雄、陶丽丽和他们的女儿柳群芳。原本两家是同学加邻居关系，如今就变成“他们”了。“他们”之间的关系细算下来有十多年了吧！就是从他们儿子张清北三岁那时到现在，那脚背上被开水烫下的疤还留在那里呢。

张东进没心思回想两家之间的这笔糊涂账，从昨晚在大军宾馆相遇时冷冷地对过一眼外，早上是第二次在街上和他们相遇。

张东进的女人耿玉兰刚把那泡泪水收回去，又想起还有一个对女人顶顶重要的东西没有带，就因为这些日子太过紧张，连那个都有点提前来帮忙的迹象，她迟疑了一下，还是跟老公下楼来。她纵有再大的委屈，她也要忍过今天才能发作，今天是她儿子参加市一中分校招考的日子。为了这个日子，她和老公已精心准备了三天了，不，确切说是准备了三年，甚至还要长的时间。

夫妻俩刚下楼来，就遭到儿子张清北的一顿抱怨：“你们总是这样拖拉，又过去了三辆车，你知道今天叫车有多难吗？”这时，他刚好又拦了一辆车。

别看他们儿子的个子小小的，比柳群芳还矮半个头，在家时也常把自己装得小小男孩一样，可是每到关键时刻，他说的话比父母还要斩钉截铁，他说了声“上车”，自己就钻到前排副驾驶位置上了。

2

耿玉兰怕闷，一上车就摇下玻璃，她看天空阴沉沉的，好像要下雨，每到这时，她的胸口就更闷得慌。这时她感到小腹又疼痛起来，一手掐腰，冷汗冒出来了，老公张东进左手紧紧握住她那冰凉的右手。张东进抬头看了下时间，刚七点三十五分，他细算一下，从大军宾馆出发，经延安北路—东浦路—西弄街—洪山路—建国中路—再到南霞路那家三三超市下车，走葫芦巷五十米左拐三十米就到一中分校的考场，这段距离刚好四点二五公里。这中间有五个十字路口，五个红绿灯，他都一一记下了。这条路线他昨天下午分别用计程车和摩的走过两趟，他在下班的高峰期用计程车算了时间是二十五分钟，摩的稍快些，花了近二十分钟。他在心里说，只要不堵车，八点前就能赶到考场，扣除到学校进考场前的进卫生间，加上爬到五楼的三两分钟，时间是有宽余的，只要不堵车的话。

张东进这时看一眼灰蒙蒙的天空，他宽慰自己，应该不会堵车，运气总不会那么背。他想起三年前和儿子的那场谈话，他说儿子呀，你老爸这辈子和你爷爷最大的区别是洗尽了两腿泥，穿着皮鞋从山旮旯前进了七十多公里，住县城。你要是能在爸爸的基础上，开着车再前进七十公里，一辈子在滨海特区工作，你老爸我就心满意足了。他记得自己当时说得有点激动，眼圈发红，儿子似懂非懂地点点头。他又告诫儿子说，那你得从现在开始准备，不要说年年得第一，拿奖学金回来，但起码要在年级保持前十名，上初中后，争取到全市最好的学校——市一中分校去读，我们不能输在起跑线上哪，儿子！

要是儿子再大一些，他可能还会跟他说，你要知道你老爸我这十多年靠自己摸爬滚打过来是多么不容易，咱穷人家的孩子靠的是自己，他甚至还会结合自身经历说，你老爸这辈子不容易呀！到师范那天还是穿着堂哥舍不得穿的那身退伍草绿色军装、军胶鞋、军挎包到学校报到的，要不是家里供不起，按班主任的话说，原本是清华、北大的好苗子，如今这个遗憾只能留给下一代来弥补了，所以儿子一出生就叫张清北，这份酸楚的厚望哪是儿子能完全理解的。所以他把这话压在心底等儿子上初中时再说，他对儿子的远景规划只能分阶段实施了。

耿玉兰看着自己乘坐的这辆车驶向越来越拥挤的车流中，忍不住说了一句：“别堵车了，那就不好办了。”她的话刚出口，就遭到张东进父子俩的呛白：“乌鸦嘴。”这时车子在东浦路与西弄街之间，张东进探出车窗外看，这四车道的大街上，顺他这个方向的前方二百米之内全是黄色出租车，整个车流多像一条舞动的龙艺，在缓慢移动。他果断地指挥司机向右转，走葵花巷，再穿过中山街绕到建国中路，这样要远上两公里左右，特别是葵花巷那段并不好走，要经过一个菜市场，最近又在搞建设，当地的司机一般情况下不愿走这段路，但往往是平时不愿走的路，到时反而成了捷径。

车子穿出葵花巷到中山路时，张东进为自己刚才的临机决断而庆幸。而这条临机决断的路线，张东进昨天也是经过精心摸底过的，从葵花巷—中山路—建国中路，只要绕过这瓶颈路段，剩下一公里多路应该不成问题。这中山路路宽车流量小，司机加足油门提速起来，一点也不耽搁这多绕一大圈的时间，刚才他朋友朱大鹏来电话说，他们正在洪山路中段，特别堵，乘车都没步行快。

朱大鹏一家子也是带儿子来参加市一中分校招考的，他们早张东进一天来，但也住大军宾馆，他们昨天在宾馆碰面时朱大鹏说："东进，说来吓死你，今年我们县来参加这次招考的考生有一千八百多人，我从离考场最近的地方找宾馆，一直找到大军宾馆，这沿街的宾馆差不多全被我们这些人包了，太可怕了，比高考还热闹。"

"你这个傻冒，提前两天就能订到大军宾馆算你走运，我一个星期前也只能预订这大军宾馆。"张东进在电话中眉飞色舞地安慰那个还在乡下教书的老同学朱大鹏，一边对自己的女人说："做什么事都要有应急预案，才不会在一根藤上吊死。"

3

张东进侧身看一下自己的女人，看她满头大汗地按着那小腹，他心里揪得紧紧的，他脑海中闪过一丝念头。去年也是这个时候，老朋友杨开发的女人，也是腹部疼痛硬扛了一个多月，等到送儿子到市里来参加这一中的招考这一天，当场晕倒在送儿子赶考的途中，到医院一查乳腺癌中期偏晚，错过最佳治疗期。在市医院动了手术后又转到广州大医院去做化疗半年多，虽然捡回自己女人半条命，但掏光家里所有积蓄还欠下十几万元的债务，他儿子是考上市一中分校了，却哪有这个能力让他到这学校就读。一中分校是全市最好的私立学校，全托一年下来，少说要一两万开销，一家人惨淡地过日子。如今自己的女人也是腹部疼痛硬扛了一个多月，看她那痛苦的神情和那弱不禁风的身子骨，他低声问了一句："没事吧！"

耿玉兰坚强地点点头说："没事，应该是老毛病。"自己女人有痛经史，而且每次周期特别长，要一个多礼拜，十几年周而复始地重复着，夫妻间这点事倒也不是秘密。"妈，你没事吧！"儿子也回过头来关心地问一句，让耿玉兰感动得流下两行热泪。这是儿子出生来第一次关心自己，她明显感觉到，儿子在这一刻长大了。

4

车子驶进建国中路，车流量越来越大，他们绕过一辆大货车后，张东进就被眼前的情景吓呆了，眼前的车流把整条大街堵得水泄不通，他们乘坐的出租车被挤在车流中。张东进回头看一眼身后，黑压压一片，这是通往考点的必经之路，洪山路、中山街、南环西路都在这里交会，从这几个方向来的车都堵死在这里，他想让司机再调头已来不及了。张东进想不通，这六车道的大街不应该堵车才是，但眼前的情景不由得你不信，刚才车流还能一点点往前挪，一辆车咬着一辆车的屁股，挨得紧紧的，如今是一寸之地都挪不动了。张东进太了解这个现代化的城市了，什么都好，就像有个伟大的魔术师一样，要什么有什么，光怪陆离的，什么都变得出来，每天都有新变化，能把几十万、几百万人都捆在一个角落里生活。就是一点不好，这么大的城市经不起一点风吹雨打，整个城市像是一部大机器、一部电脑，哪一个零件、哪一个程序出问题，就全部瘫痪。

急是没用的，张东进努力克制自己的情绪，他感到车内的空气很沉闷，干脆全摇下车窗，头探出车外呼吸一下新鲜空气。他回想起自己自师范学校毕业被分配到田螺乡的那天起，二十年来其实就只做了一件事。就像自己的名字一样，一直在努力地东进。这二十年东进历程就像一只田螺一样，在一点一点向东挪。向东挪就意味着从大山走向大海，从闭塞走向发达，从贫穷走向富裕，从煎熬走向解脱，从痛苦的过去走向幸福的明天，那多好呀！那年过年，抱着家里的那只大公鸡到学区校长的家去拜年，把自己从田螺乡的窑田村小学调回中心校；又经过五年的努力，一条中华、两瓶茅台，提前到县城旅馆住了三天，一直守候到大年三十的傍晚，才等来教育局长打开他家的大门，调回老家埠峰镇中心小学；又经过八年的漫长等待，等来自己的一个远房亲戚从外县升迁到本县当分管教育的副县长，顺理成章地把自己调到政府办工作，从这天起，他知道自己这只田螺爬到终点站了，以他这只田螺的能量能爬到县城来，他也知足了。他知道人的能量有大小，让一只田螺与一只兔子或一只飞鸟比赛，结果只能怪自己生下来是一只田螺。也就从这天起，他夫妻俩就立下决心让自己的儿子继承父辈的革命遗志，继续东进。当然，从这天起就得给儿子充足能量，让他有个高起点，不能再以田螺的速度东进，而要以一只兔子或一只飞鸟的速度，跟县城那些人的孩子在一条起跑线上，飞速东进。那首先得把儿子变成一只兔子或一只飞鸟，为此，夫妻俩把儿子从三实小转到全县最好的一实小，这只是他们把儿子变成一只兔子或一只飞鸟的一小步，从一实小能顺利到市一中分校才是一大步。他们非常清楚，只要跨进市一中分校，就等于一脚跨进了重点大学，到那时才算把儿子脱胎换骨变成一只兔子或一只飞鸟，只有高起点，才能飞得远。

“爸，都八点了。”儿子焦急地提醒打断张东进那缥缈的思绪。都八点了，离进考场的时间只剩一刻钟之久，而一家人却牢牢被挤在这陌生的大街上，他们哪能想到在儿子东进的道路上，竟会堵死在堵车的大街上，这让他有气没地方出。要是没赶上这场招考，那他们儿子就无可选择地只能在县城中学就读。自从县城一中撤销初中部以后，整个县城都找不出一所令人信得过的中学，不然也不会一个县就有一千八百多名考生来参加这场招考，而敢来参加招考的又全都是全县拔尖的苗子，把儿子留在被人筛选过的中学读书，无异于把一棵淮南的橘子种到淮北去，到时只能结出又苦又涩的橘子。社会对人的筛选就像小时候看母亲用米筛筛米，米筛之上是精米，被小心翼翼地装进米缸里，米筛之下就是粗糠，糙米，那是用来喂猪、喂鸡、喂鸭的，反正是不值钱的东西。

有几辆警车和一辆120救护车从逆向呼啸而过，车上的司机说:“前面出交通事故了。”这时候朱大鹏来电话告诉他们，说在建国中路与南霞路的十字路口，一辆货车撞到载生猪的货车上，几十头生猪在满街跑，全被堵死在洪山路中段了，他们侥幸绕道顺利通过那个十字路口。张东进他们离那个十字路口少说有一里多地，所以他们压根不知道前方发生了什么事。张东进心想，人咋就这么奇怪，转瞬之间就轮到对方来安慰自己。

5

这次是儿子张清北的临机决断，让一家人甩下那原地不能动弹的出租车，向考场走去，他们的儿子，按张东进自己的话说，每临大事有静气，有大将风范，将来定能成大事。也正是看到儿子这点内在潜质，更加坚定了夫妻俩打造儿子美好将来的信心。这一条趴在原地不动的车流，多像趴在海滩上产卵的海龟，背着一副副硬硬的外壳趴着。他们正在车流缝里穿梭着，耿玉兰的眼尖，她看到在另一车道缝里穿梭的“他们”，柳志雄一家三口子。其实柳志雄的女人陶丽丽早就看见“他们”了，她把脸扬得高高的，鼻孔对着天空出气一样，这是多年来他们两家相遇时的一贯表情。

这么多年来一直被人扬着脸从身旁走过，自己在人家眼皮底下像个下等人，那种滋味耿玉兰早就受够了，她原本还一手掐腰跟在老公儿子的身后，现在她也扬起脸来，紧走几步跟在自己男人身后，把头抬得高高的。可是不行，这会儿她的小腹更是疼痛难忍，难忍她也得忍，儿子的前程，内心的自尊都让她必须这么做。她一辈子都不能原谅这个向自己儿子身上泼开水的女人。

想到儿子膝盖上的伤疤，耿玉兰内心至今还隐隐作痛，她恨这女人恨得入骨。两家原本没有过隙，张东进和柳志雄是师范里最要好的同学，同班三年，俩人的关系几乎达到令人感到“暧昧”的嫌疑。毕业后，张东进是山里的孩子，父母双亲又是老实巴交的农民，就像谁家的孩了谁家抱走一样，顺理成章地把他分配到大山里。回大山之前，张东进还笑着对老同学说：“干革命嘛，都是从根据地开始干起的。”柳志雄他父亲是县直机关里的副局长，他从小到大都是在县城长大，他的根据地在县城，就该留在县城实小。

从县城到窑田村有七十公里的距离，也没疏远他们同学之间的关系，每个月相互间的一次互访，把他们之间的友谊铸得比钢还强，比铁还硬。一起交流分别后的心得体会，包括谈恋爱都要请对方来当参谋，交换恋爱情书一起分享恋爱的快乐那是他们之间的常事。张东进用大公鸡给学区校长拜年，在教育局长家门口蹲守，这些计谋都出自县城长大的柳志雄之口，山里孩子一根筋，肚子里哪有那么多弯弯绕。张东进调回老家埠峰中心小学后，柳志雄又为他定下另一个更宏伟的目标，三年内成家立业，细说这份目标，成家就是娶妻生子，立业是到县城买房子，然后再调到县城来。可以说张东进的整个东进计划都是柳志雄帮他定下的。

柳志雄当然也替自己订下一份前进的计划，他的目标是要全面赶超他父亲，起码要在自己的孩子长大后，跟别的同学介绍起自己来，要把那个副字去掉。张东进刚东进到埠峰中心小学时，他就已经是一实小的副校长了。在这第二年，他们一前一后分别成家，又过一年，他们在县城同一个居民小区买同一幢、同一单元相对门的房子，在买房子前三个月，他们分别生下自己的女儿和儿子。

老天爷就这么爱开玩笑，张东进口口声声说要生女儿倒生个儿子，柳志雄一再保准自己要生儿子却生个女儿，B超照了几遍说是儿子，结果还是生了个女儿。那时张东进在乡下，耿玉兰在家带孩子，柳志雄一见他们的儿子就说："咱儿子。"要么就称："咱女婿。"这开玩笑的话说多了，就把自己女人陶丽丽的心给说毛了。说真的，她老爸还是柳志雄老爸的顶头上司呢，单位里的正局长，平日里，她是一点也不让老公的人，那天柳志雄也不知哪个闹心事，又被陶丽丽呛白几句，他原本是轻轻在自己女人脸上刮一下，陶丽丽顺手端起水杯向他泼去，他一躲，这一杯刚烧开的开水就泼到正和自己孩子打闹的张清北身上了。两家从此就有一个解不开的结。原本张东进和柳志雄这对同学间碰面还点个头，在张东进调进机关那年，柳志雄的父亲和老丈人双双被"双规"，最后撤职查办，他自己也被免去实小副校长之职，相互间连点头都没了，一前一后进楼梯，再也不会推着电动门等对方一会儿，"砰"的一声，俩人的关系就像全自动大铁门一样，关闭了，一个门里，一个门外，一对陌路人。

6

在张东进一筹莫展的时候，老朋友曾远开着巡逻摩托车来了。他们刚才在车流中走不了一百米，耿玉兰就走不动了，她蹲在地上让张东进别管她，送儿子进考场要紧。张东进又怎能把女人扔在大街上，他回过身来搀着女人往前赶，走不了几步，他就像快虚脱一样地直喘，照这样等他们赶到考场说不定考试都结束了。

一见面张东进就说："不到万般无奈，我也不敢叫警察来帮忙。"

“人民警察为人民嘛。”曾远笑着说。曾远是张东进初中的同学，警校毕业后分配在市巡警大队，这么多年来同学俩一直保持联络，他刚才就在洪山路巡逻，接到张东进的求援电话，立马就赶过来了。

他看着一脸铁青伏在张东进肩上的耿玉兰问：“先送嫂子去医院？”

“不，先送孩子去考场。”耿玉兰替老公回答。

曾远二话没说就拉张清北坐在后座上，车子刚启动瞬间，张东进抬头看了一眼不远处的柳志雄他们，柳志雄收回张望的目光把脸别到一边去。张东进叫住曾远，向柳志雄招手，柳志雄犹豫了一下，张东进跑上几步，把柳群芳也拉到曾远的后座上，四个人心悬得紧紧地看着曾远在人行道上左躲右闪地向一中考场飞去。

有话明天再说

1

林海军又一次鬼使神差地来到这幢八一楼前，他装着若无其事的样子，他每次午后来这里，都像若无其事的样子，这样他心间才会觉得坦然，才会昂首挺胸地走过楼前的陶瓷加工厂，才觉得不会被陶瓷加工厂那一百多双会喷火的眼睛灼伤。

他知道，只要他停好车后，报警器“吱”一声，楼上203的那扇门就会永远为他打开一个身体的宽度。他轻身闪入房内，像牛一样豪饮了一大杯凉开水，就要拉小芝到里间去，小芝闪了一下腰，让过这个猴急的男人。

海军瞪着牛一样大的眼睛盯着小芝，好像说：“怎么啦？”小芝没看他，笑着说：“不要这样看我，这几天，腰酸。”小芝说腰酸海军是听得懂的，他也是个有家室的男人，但他不知道小芝在骗他，更不会知道在他到来的前五分钟，小芝还偷偷地哭过，她哭自己的肚子太争气，就那次动作大了一点，竟把坏给带下来了，事后也做过补救，但那潮汐一样的周期已过半个月了，就是不见来，肯定是被他栽上了。

栽上就栽上了，小芝倒也想过做女人只要越过这个坎，这苦果终究是会碰上的，自从和他好上以后，她就认了，但她没想到这来得不是时候，她昨晚刚接到通知，他明天下午就回来。她还在想这事要不要跟海军说，海军又碰了她一下，他就是这么固执的男人。

“海军，我被你害惨了。”小芝朝他指了一下自己的小腹说。

“不可能，那药白吃了？”

“说不定吃的都是假药。”

“要是这玩意也敢造假，那药监局真该撤了，我跟那个药店没完。”

“不要瞎说，可能是那一次惹的祸。”

他们都不说话了，是一阵沉默。那次环下来后，他们是做过补救的，可是补救之后，海军又要了一次，他那身体就像壮年的公牛，每回都会要两三次，从午后一直要到他上班前五分钟才匆匆离去。

2

林海军和刘曙光一同从乡下中学到县城上班十年了，也算是一名老机关了。刘曙光去年年底突然决定下海，他下的不是一般的海，他准备跟堂哥刘朝晖偷渡到N国，而且偷渡成功了。刘曙光也跟海军描绘过到N国的美好蓝图，就在他们合计着怎样确保万无一失的时候，县领导找他谈话了，这是领导第三次让他把握机遇，好好锻炼。前两次领导找他谈话不久，等来了领导语重心长地拍了他一下肩膀："年轻人，好好干！"让他感动好几年，好好干了好几年，当年找他谈话的领导都高升了，他说："我们是看着领导高升的。"但是这次领导找他谈话的神情好像更严肃，让他隐隐感觉到好像机会真要来了。你看哪，自己的直接领导政府办正副主任，一个已升为副县长，一个也要调整到乡镇去任职，明摆着有两个位置虚位以待，这人事调整像堆积木一样，从中随便抽掉一个就有一串的人面临调整。

林海军老婆原是名乡镇的小学教师，夫妻俩工资相差无几，各一千来块钱。要是光靠这点工资是不够他一家三口人过日子的，何况他每月还背着上千元按揭住房贷款。她单位离县城又远，七十多公里，前年，县城一所私立学校刚成立，他老婆李亚茹都没跟他商量就毫不犹豫地和这所学校签订任教协议书。私立学校的工资是原来的两倍，让他一家人勉强能收支平衡地度日。就是在去年三八节那天，李亚茹发生车祸，摔断了两根肋骨，花去他家一万多块，由于学校坚持说那天放假，李亚茹不算工伤，一分钱也不给报销，她跟学校大闹一场，刚好她跟那私立学校的合同期满，学校就不跟她续签了。

这就断了他家主要经济来源，刚好他连襟在西安开了一家覆盖西北五省的食品批发超市，缺人手，春节一过，李亚茹就带着孩子到西安帮姐夫做生意去了。

3

刘曙光要走，小芝内心很慌乱。出发的那天晚上，小芝突然有一种很空的感觉，她紧紧地搂住自己的男人，真怕他一走，这个家就真的空了，她把男人的脸紧紧地埋在胸前，发疯似的亲他，越亲她心里就越荒越害怕，她突然间泪流满面地对曙光说：“不走，好吗，我宁愿喝稀饭啃地瓜过日子，我不让你走。”她最终没留住一心想改变生活的刘曙光，天蒙蒙亮他就走了。

刘曙光一走三个月都没音信，小芝第一次接到他的电话是在半夜里，他说自己偷偷跑出来，借老乡的手机在异国的海边给她打电话，他在一家华人工程队上班，上黑班，他每天总是黑白颠倒地上班，白天人家上班他睡觉，晚上别人睡觉他上班，还时刻担心那些警察来查人查证……小芝听着男人在异国他乡嘟嘟的声音，她其实什么也没听清，只听到那里的海风呼啦啦地响，还听到海浪拍打海滩的轰鸣声，从那天开始，她失眠了，她甚至会莫名其妙地在那个时刻就想查看一下自己的手机，有没有关机、有没有信号、有没有电池，她必须查看一下才能安心，总之她每到晚上都是神经质的，她担心会有什么事情发生，就把神经绷得紧紧的。

该来的总是会来，曙光来电话的第三天，她乡下的婆家来电话了，说她小叔子的采石场被县里的联合执法队关闭了，连人都抓走了。原来曙光在机关的时候，总能避过去，如今曙光走了，这要找人，这是一件多么头疼的事，这次整顿工作组的领导是县里一个副书记和一个副县长，要找人最起码要找这其中一个让他点头才行，不然她小叔子就只剩下司法一道程序了。找人对她来说太难了，她能认识谁，但她清楚，如果小叔子进去了，她家就乱了，公公、婆婆都是上年纪的人，一个血糖高，一个血压高，真有个事她就摊上了。

她去找曙光的老领导，刚好碰上林海军那天在政府办值班，海军和曙光平时私交不错，她就把事情和盘托出。最后还是海军找了那个副县长，罚了几个钱，人就保出来了。令她没想到的是，林海军还把她小叔子办不出来的证照找人给办出来了，这证照太难了，前前后后要有国土资源、安监执法等七八个部门的公章都戳全了才能生效。她私下想，看来林海军的关系还是比曙光硬，她心存感激而已，并没敢多想，几个月后的另一件事就不能不让她多想了。

县里要整合教育资源，她的孩子刚好要并入玉兰小学，这玉兰小学的教学质量跟实小那是天壤之别。她听说找准人是可以入实小，要不然你就是多交一万块，人家还不定收呢。连她自己都吃惊，自己怎么一想找人就想到了林海军。

4

林海军自他女人走后的一个多礼拜，他又过上了他的快乐单身生活，同事、朋友的邀请不断，几天下来，肠胃先开始不适，先腹胀后拉稀，那天，接到小芝电话时，林海军正在一家小诊所挂瓶，他连拉五天已拉得严重脱水，平时暴凸的血管都找不到，两个手腕让针给扎得各鼓起一个大包。

小芝见到他时简直不敢相认了，那么壮实的一个汉子，整个人一下蔫了，还胡子拉碴的。他看穿她的心事似的问她：“有事？”她点点头。“什么事？”她一下子结结巴巴红着脸说不出来。她想，他都这样了，她好意思说出来吗？

隔天她孩子顺利地到实小上学了，看来海军的能量还真不小哩！

送孩子去学校回来，她就寻思着要怎样感谢一下林海军，到他家楼下，她连按了好几次门铃，林海军才懒洋洋地问声：“谁呀？”然后帮她开门，她发现这么大一套房子，就住他一个人。

小芝用眼睛看了一眼这少个家庭主妇的家，那条毛毯还摆在沙发上，看来他刚才就躺在这沙发上。从这沙发伸手可及的茶几上，一个小铁锅里盛着半锅豆浆，另一个小铁锅里还有两三碗稀饭，桌上还有七零八落的杯子和一摊药片，地上的拖鞋东一双西一双地丢在那里，看得出这个家有些日子没人收拾了。

“你就吃这两样东西？”小芝问。

“医生说，只能喝豆浆和稀饭，而且只能喝咸豆浆和咸稀饭。”这两样保命的东西，林海军都喝五天了，那其中滋味实在不好受，被小芝一问起，他的肚子又一阵咕咕直叫，非常狼狈地收拾着乱糟糟的屋子，可是不行，他又急匆匆地往卫生间跑，他刚从卫生间出来，她已收拾好那乱糟糟的桌面上的东西。

“你还没好？”“嗯。”“有没有再拿药，要不还是去挂瓶？”“不用，这是病毒性的，不会好得那么快。”

小芝自己都感到纳闷，看到这个情景，她会情不自禁地帮他收拾这个家，这个家好像就等着她来收拾似的。看到她那么自在地收拾家的情景，林海军自己窘得发慌，抢她的抹布，她又去拿扫把，他来夺扫把，她去洗茶杯、涮锅等，他最后还是放弃客气的念头，由她在眼前把这个荒芜的家收拾得井井有条，一切又恢复原来的样子。那一刻他明白了，如果家是一口井，家里的女人就是井栏上的辘轳，一个家就需要这个辘轳不断地往井里打水，才会有活水不断溢出来，有了她这家才会活起来。

小芝可能想到什么，她不自觉地走向这个家的后阳台，她走到水池前就要把这些衣服放进盆里浸泡一下，海军急匆匆地跑过来，满脸通红地说：“求你了，别碰那些脏东西。”小芝似乎不管这么多，她还是把这些脏东西一件一件往盆里先浸湿，一套夹克、两套睡衣、三件内衣，就要翻到盆底时，海军慌了，他连声求饶：“求你了、求你了，别碰那些东西，要是让隔壁阳台的人看到多不好。”他那些内裤都沾上那不该沾上的东西，让一个陌生的女人来洗它成何体统，还有隔壁上上下下几户人家，要是看到一个陌生女人，在帮他打点这个家，帮他洗衣服，洗男人的内裤，就是嘴里不说，那眼里瞄过来的话也是再明白不过的了。

“就你们男人知道名声，身正不怕影子斜，我不信洗几件衣服也能洗出名声来。”海军被小芝说得脸上又是一红，他悔不该早买台洗衣机回来。

看她那么认真毫无芥蒂地清洗自己的脏东西，林海军转过身去，他不愿让人看见自己的脆弱，直到她洗完那盆衣服，他才回过神来，发现小芝今天是提了东西来的，他解开放在沙发后面的那个黑塑料包，里面有两条软中华和两瓶茅台。他声色俱厉地对她说：“你把我和曙光的关系看成什么了，是你这包东西能抵价的？”

小芝不争辩，她提着那包东西走了，第二天、第三天一直到第五天，她总是送完孩子就过来帮着收拾这个家，她觉得自己帮着料理几天这个乱糟糟的家比提东西来更真诚。她来第三天，林海军的腹泻已经好了，只是浑身乏力不能上班。俗话说，三分病七分养，小芝特地买来猪肚，并把洗净的猪肚先用开水煮上一两分钟，这样的猪肚就收缩得很小，而且去油腻，再把沾在上面的肥肉一丁点、一丁点剔除干净，放进泡开的几粒红枣和切碎的藕节，放在纹火炖烂，让海军分三餐吃下，她说这样可断腹泻后所带来的虚弱，这红枣莲藕猪肚汤，林海军连吃三天后才去上班。

红枣莲藕猪肚汤林海军早就消化了，但炖这汤的人在他脑海里一直消化不掉，这短短几天，这空荡荡的家里每一个角落都飘荡着她那似真似假的笑：“你放心，我不会鸠占鹊巢赖着不走的，我的大恩人；你又没白吃我的猪肚汤，我不是也沾光跟你一块儿调养身子；我只是来料理病人，又不会讹上你，你那么紧张干什么……”说心里话，海军他还真愿她讹上他不走了，不过那只是一瞬间的念头。而这一瞬间的念头像是在他心窝里扎了根，一扎根很快就长出莫名其妙道不清说不明的东西来，就像是池塘里的水浮莲，一个劲地疯长，长到他心间的那口池塘满满的全是水浮莲，把水里的鱼儿都快闷死了，他就一个劲发疯似的跟远在西安的女人打电话，他半真半假地在电话中说：“你再不回来，我就要犯错误了，到时候你可不要怪我没打招呼。”在电话里留下她银铃般的笑声：“你尽管去吧，别太卖命伤了身子回来就行。”

5

转眼夏季来临，一号台风“浣熊”来了。从当天下午就不断地下雨，到夜里雨势越来越大，林海军从城西西洋萍那片三角区回来时，已是夜里十点多了，一身湿漉漉的，他刚狼吞虎咽地吃了一份快餐，正想回家先换件干衣服，他想如果没接到通知，今晚也就扛过去了。路过江滨花园时，一声响雷就在他前方三百米的地方炸响，轰的一声，花园里那棵大榕树一杆横枝被劈断，他一下惊呆在那里。过了片刻，他发疯似的往西洋萍跑，他想起他负责通知的这片区还有一个地方没通知到。

上午县政府开会分工明确了他和新调来的干事小戴，负责通知城西西洋萍片区的群众转移。那是一片老城区，也是县城低洼地带，一眼望不到边的灰房子都是上了年纪的，平日里看它都要散架似的，只要是持续一天以上的暴雨，那里就是一片汪洋，住这片灰房子的人就都要转移。林海军心里多么清楚，眼看忙过这阵子，人事就要变动了，千万不能出差错。书记、县长是有过批示的，人民群众生命财产无小事，要确保这次台风到来时不死人，上次台风到来时那个东湖镇领导临时缺位两小时，死了几个人，镇党委书记、镇长双双被就地免职，前车之鉴哪！林海军在心里暗暗叮嘱自己一下午。

他发疯似的跑，因他忘了八一楼几十个住户还没通知到。这八一楼是“文化大革命”年代粮食局造的干部职工宿舍楼，在当年是县城的标志性建筑，高四层的平房。虽然它不算这片区的低水位，但建筑部门已把它列入危房，这里的住户也要转移到安全地带。他气喘吁吁地先通知一楼的住户赶快转移到安全的地方，随便是亲戚家还是朋友家，各自寻各去处，今晚一楼是绝对不能住了。林海军说得非常绝对，他还说，据气象部门预测，今晚还有特大暴雨降雨过程，他替他们担着心呢。他抬头望了一眼这阴沉沉的天空，看到闪电像条巨蛇一样吐着白信，就在上空撕裂了厚厚的云层，紧接着他听到又一声巨响，他肯定又有哪棵大树或变压器之类的被它击中了，才会有如此巨大声响。紧接着一浪又一浪的倾盆大雨伴随着疾风泼向他经过的一楼走廊，他借助走廊微弱的灯光来到二楼看看。二楼有几间还亮着灯，一扇玻璃窗“啪”的一声打在走廊外墙上，在他跟前掉下一块玻璃。他埋怨这台风天谁家也不把门窗关紧。

他往屋里看，一盏昏黄的日光灯下，满屋子被风卷得团团飞的纸张，还有书本；一只塑料桶“哐”的一声翻在地上，地上有个脸盆放在床脚下，盆里落满了还在这半盆水里扑腾扑腾的白蚂；床上似乎有个孩子紧紧地蜷缩在被窝里，从天花板垂下来的蚊帐被风鼓得像一面旗在卧室里招展；贴墙那面立柜玻璃镜上还留有一滴滴雨珠，一个女人的背影紧紧地贴在窗户上。他没看清她在忙乎什么，只看清她的长发被风吹得丝丝飘扬。他把这刚被风鼓开的玻璃窗关上，连关了几下还是插不上那插销，那女人很警惕地回过头来叫了一声："谁？"

海军看清楚了，是小芝，对，是小芝，她跟他说过，她住在西洋萍这片区，但他不知她就住在八一楼。"是我，小芝，我是海军。""你在干吗？"海军关切地问。

"你怎么没搬？"

"没地方搬。"

"在干吗，要帮忙吗？"

"这窗被风吹掉了一块玻璃，一直往里面泼雨，风太大，雨会泼到床上去。"

海军进去后看到，小芝刚才正想用一块三合板挡在那掉了玻璃的窗框上，偏三合板太小，她就这样双手撑着三合板，连同她的身体，挡住泼向屋里的暴雨，她也被雨泼得一身湿淋淋的，右手好像还被玻璃划伤了，在淌血。海军接过她手中的活计，他让她先找个东西止血，再帮着找来一块大一点的三合板，还有钉子、榔头。偏她家里再也找不出这些东西来，海军就把身上的雨衣脱下来，从窗格往外塞出那落下玻璃的大小，再把那块偏小的三合板支在雨衣里，再把雨衣的两个袖子用绳子固定住，她家那个“风洞”就被堵住了，起码这雨是不会泼进来了。

又一声巨响，好像就在小芝楼下不远地方打响雷，这雷声特别近，特别大，能感到房间地板在颤跳，也把被窝里的小男孩惊得吓一跳，就在这时，灯也灭了，这房间一片漆黑，整个世界都一片漆黑，海军茫然地立在这片漆黑之中，有一双手在漆黑之中摸索，这双手先触到他的胸膛，跟着就滑向他的腰，他浑身就像一块大磁铁，一下把这双小手连着那娇小的身子，牢牢吸附在他身上。她在他怀里不停地颤抖，他轻轻地抚摸着受了惊吓的女人，两片湿漉漉的嘴唇落在她的额头上，这是黑夜给他们的无穷磁力，他们谁也没再理会窗外是否雨骤风狂，比这场暴雨来得更凶猛的是他们心里那团火，那团压在火山底下不能喷薄的熔浆。

6

第二天，海军带来一个木匠，并拿来两片玻璃，把昨晚被风吹落的玻璃重新安上，插销也重新换上。他细细打量着原本由三个人支起的小家，家里已没有昨晚的那种凌乱；这由两间宿舍打通的房子，一间从中间用三合板隔开，里面是厨房，外面是一张茶几和一套藤编组合椅围成的吃饭待客的地方，有一扇门直通他昨晚来过的里间卧室。他和曙光虽是好同事，但他们像其他机关干部一样，除了加不完的班，极少串门，如果昨晚他算是因公务来过这个地方，那么今天他是因牵挂第一次自己想来小芝的家，还和那位木匠师傅一起留下来吃饭。小芝那风一吹就能飘起来的瘦小身段，在他身边窸窣走过，在厨房里来回穿梭，他萌生了另一个贪婪的幸福念头，这念头和上次在自己家中那一瞬间的念头是那样的吻合，让他自己都大吃一惊，他强压那团又要燃烧的火，眼睛死死盯着电视看。

“小芝，谢谢你的热情款待，你的饭真香！”

“你不要总是那么客气，该感谢的是我，吃得惯欢迎你常来吃。”

“我可不敢白享这份家的温暖，我更怕给你吃出什么不好的名声来。”

“名声值几个钱，来吃饭，又不是来吃人，怕什么。”海军从小芝家里一回来就急匆匆地给她发这些短信。

“浣熊”很快就过去了，上上下下都是虚惊一场，对那场人们期待已久的人事调整来说，它只是一场人心的毛毛雨。全县人事调整结果一出来，全县哗然。全县几百个正副科级调整有一半爆出冷门，像教育局长原本不二人选是组织部李副部长，这次让一个镇书记给顶上去了，那个李副部长去了信访局，还不如在组织部当个副部长呢。还有像交通局那个交大毕业的王副局长已等两届局长那个位置了，这次还是原地踏步当副局长，局长被那个从村支书一路平步青云到乡党委书记的任国民当上了。林海军也像那个王副局长那样，又得等下届人事调整了，尽管这次没有哪个领导再来拍他后背，再鼓励他好好干，就是后背拍得再重，再语重心长跟他谈心他也不会相信了，这都是他妈哄人干活的鬼话了；说白了，是领导驭人的艺术，就是要你始终保持旺盛的革命斗志继续干革命。林海军想通了，无论是拼人事还是拼经济，他都不是人家的对手，他花两万块来机关已是前途的终点了，这次他自己把仕途的句号给画上了，他觉得这像登山一样，越是到后头，越得加把劲，这拼的就是底子呀！他哪来这个家底。

林海军像个泄气的皮球一样，整个精神头蔫下来了，他胸中少了一团火，不再像往日那样总是第一个到机关，把办公室的门打开，把昨日的文件收拾一下，分门别类地挂起来，他现在不干了，他干脆连摩托车都不骑了，到街上吃过早餐就踱步去上班，他给自己找个说辞是，这样有利健康。

“对，健康，只有身体才是自己的。”他常这样自言自语地安慰自己，一到机关他会换种说法：“养好身子才能再干革命哪，同志们！”

小艺说起的那第一次，他都差点忘了，那次他像吃了迷魂药一样，走到她家里。对，他想起来了，那天是五一,五一小长假，他原本要去西安会女人，也因只有三天假期放弃了。这不长不短的假期，对海军这样的单身男人是多么要命的事情，大家都忙着走亲访友或去周边旅游，他却连个打牌的人也找不到，他就这样百无聊赖在街上溜达，一溜达就溜达到八一楼下，他突然间明白了，这段时间自己心底压抑的是什么，那团火把他折磨得够可以了。他抬头看到那扇前些时日他刚修理过的窗户紧紧关闭着，灯光透过玻璃散出一股氤氲的暖意，那一刻，他觉得那扇窗内是那样的温暖，那里面有着太多人生温情。从那窗内还飘出陈百强的《偏偏喜欢你》这首他平日里爱听的老歌，他就这样在楼下徘徊，上不上去成了他此时的为难，他想起前些日，他发给小芝的一条短信里的那些暗示：“我想吃你的……”小芝当时没回，他至今一想都觉得脸红，觉得自己发那条短信是那么的龌龊。若不是小芝一盆水差点泼到他头上，他可能要徘徊到深夜。

他沉默地喝着茶，喝得他不想回家，还有意无意地看她，他发现，她脸上似有一朵红霞，被他看得直发慌。

“孩子睡了吧！”海军没话找话说，他不能一直沉默。

“回他奶奶家了。”

“平时中午回家吗？”

“不，寄在他老师家里。”

“每月多少钱？”

“早晚两餐六百块钱，主要是能帮孩子辅导作业。”

又一阵沉默，这无话可说的局面，人心是多么的尴尬，海军站起身来想走。“等等，你的雨衣还在这里。”小芝刚走进里间，海军紧随其后进到里间，他从背后抱住这正为他折雨衣的女人，女人轻轻地要他松开手，他越发抱得紧些，抱得那女人心里直喘，连声说：“不要，不要……”她转过身来抱住他的腰，两颗心在一起打鼓，两团生命之火在一起燃烧，烧得他们都喘不过气来，就一步步往床上移，那是生命的方舟，人生苦海的方舟，她一指那扇窗说：“门没关。”

7

一座火山，喷薄之后必然沉寂。就在他要离去的时候，小芝紧紧地缠住他：“不要，我会害怕。”

“怕什么？”

“怕他们欺负我？”

“他们是谁？”

小芝像根没有骨头的筋条一样，勒得他气都喘不过来，她告诉他，就在曙光走后的第五天，那个“畜牲”又来纠缠她，她说的那个“畜牲”是县110民警张志文，曾经苦追她一段时间，他也不知从哪里得知曙光已走的消息，连续几天中午到她家来，总是旧事重提，那天一到她家来，一杯水还没喝完就紧紧抱住她，他的中指差点让小芝给扳折了才放开她，他下一次再来，小芝拿着一把剔骨刀跟他说：“如果不想活了，就同归于尽。”可是那个张志文走了，她楼上那个林建平就来了，天天在她家一坐就是大半天，总爱说那些话，她又不是木头人，能不明白他的暗示吗，无非是鼓励她，老公不在了，红杏出墙是可以理解的。他的那个女人只要一见男人不在家，就要到她家门口来探头探脑，要么就是在楼上大喊，非让全世界都知道他男人又不知跑到哪里去了。那天她家保险丝断了，林建平就抢着帮她换上，他女人就在楼上一个劲地喊："林建平，林建平你又躲到哪里学雷锋去了。”“那个骚女人，就是学雷锋也轮不到她老公。”小芝愤愤地说，可是第二天，她家就被别人泼了大小便，不用问她也知道是他家那个醋罐子干的事。小芝还断断续续告诉他一些这样的事情，她问他："海军，你能不能告诉我，你们这些有家室的男人，有的老婆就在身边，为什么还成天想碰别的女人？”“男人永远都是猎人，女人永远是猎物，猎人见了猎物就想干什么，不说你也知道。”海军这样告诉她。

天蒙蒙亮他才离开小芝的家，他实在太饿了，干脆直接去吃早餐，到不夜天饭店吃稀饭，小芝来了短信："海军，醒醒吧！你不要捡了芝麻丢了西瓜，还是赶紧把老婆孩子接回来吧！”

“小芝，不要这样，开弓没有回头箭，顾不得那么多了。”

“万一他们回来了怎么办？你不怕把家给拆散了。”

“真散了，我们再重新组合一个家。”

“我不漂亮也不年轻，又没个像样的正式工作，我怕到时你会后悔。”

“世上没有后悔药。”

“男人都是哄人的专家，到那时你还不是像他一样，走得远远的。”

“车到山前必有路。晨安，小芝！”

海军吃得饱饱的回去睡大觉了，小芝却一点也睡不着，她还在回想昨晚海军说的话：“我们面对现实，临时凑对。”

对，海军还告诉她，女人都是麝香，她听成是色香。令她不明白的是，女人怎么就都成了男人眼里的色香了，他说在人海这座森林里，面对这色香每个猎人都垂涎欲滴，只是没合适的机会罢了。听了海军的话，她似乎明白了什么，是自己这个色香引来那么多猎人到她家来纠缠不休，但她不明白，他们身上不是日夜佩着那个色香吗，干吗还那么惦记着别人家的色香。那个该死的男人，干吗要抛下自家的色香，跑到天边那么远的地方去谋生路，如今我成了别人的色香，你甘心了，刘曙光，你老婆成了别人的色香，你活该，我……一个弱女子，几次被人抱入怀里，还险些被人按到床上去，若不是自己事先在枕头下放把剪刀，你走后不到三个月，你老婆就失身了，我没有对不起你，是你抛下我们娘儿俩不管，一年半了，我才等来你三个电话，那是多少个通宵等来的呀，你活该！想到这，小芝哭了，她任自己的泪水在无声地流淌，她心里非常乱，她不像海军说的，只是和他做伙伴、结对子，做他得到的色香，她在心里说，我还求他了，求他把我吃了，我把这一年半攒下来对你的温柔都给别人了，你做你的发财梦去吧，我在家给你戴高帽，刘曙光我不是你的人了，你就死得远远的永远不回来我才高兴呢！想到这，她咬着枕头嘤嘤的抽泣，不让自己哭出声来。

8

令林海军也没想到的是，小芝会爱上他，这跟他当初设想的很不一样，他一觉睡到大中午，还没起床，小芝就发短信让他来吃饭，还让他把脏衣服带过来洗，他想，女人踏出第一步后，接下来是可怕的，她会不顾一切地把爱做出来给人看。

午饭是三菜一汤，肉末烧茄子、糖醋里脊、姜丝炒地瓜秧外加一个鲫鱼豆腐汤。小芝一个劲地说这是曙光最爱吃的三道菜，她不知道海军爱不爱吃这些菜。海军明白她是把自己当成她男人的那个胃口来侍候着。包括她男人爱吃的饭、爱喝的茶、爱吃的水果、爱穿的衣服、爱看的书、爱听的歌、爱垫高枕头、爱搂她睡觉、爱不断地变换姿势、爱躺在下面被她折磨，等等，只要是她男人爱过的篇章，她都要重新在他身上演绎一遍。一句话，他现在就是她的刘曙光，他是刘曙光的精神复活，她像疯子一样把一切都当真的来做。

五一三天小长假，海军几乎都是在当小芝的刘曙光，她什么都不管了，豁出去了，她要海军在那些男人最常来的时间来，海军也感觉到了，那天中午在她那吃饭时，林建平来坐了一会儿，海军请他点支烟他就走了，好像还有她几个隔壁邻居，他们都探个头，在门口瞪眼睛表示心底的愤怒；其中那退休老头，眼睛直愣愣地探着腰身往里张望，海军干脆把门打开，让他进来听他俩说笑，看他们快乐地插科打诨、谈天说地，他要配合小芝的心意，把给别人看的戏演够；还有几个女邻居经过她家门口时，那步子像是迈得挺快的，头抬得高高的，她们眼里的余光还是像刀一样凌空割进来，好像在说："骚包，我就知道你装不了多久就会把野男人领回家来。"

小芝这股疯劲，她心中燃烧的那团火，直到三号那天凌晨才告一段落。她告诉海军，他今天不能再来了，她不想让回家的儿子看到另一个男人走进她家的生活。海军也随声应和说："对，不能让我们的私生活把下一代给污染了。"孩子永远是他俩跨不过的坎，是维系这个家的天然屏障。临走前，她勾着他的脖子说："我爱你！但我又不能把这个家给你，你说该怎么办？"

"那这辈子就当我的伙计，永远的伙计！"

"不，我要当你的爱人。"

"你还爱他吗？"

"不知道。你呢？"

“我还爱她，不骗你。”

“到那时他们回来了，怎么办？”

“按原计划，各自飞回自己的巢里去做窝鸣叫。”

“你们男人太自私了。”

“不要轻易对男人下这个结论，上帝也是男人。”

“你就是我的上帝，我只要你！”小芝说，“如果你不在了，我晚上会害怕，我晚上怕看那扇窗，更怕看到窗外的影子。”

“你干脆录段录音来放，就能把影子赶跑。”

从这往后，小芝就按海军说的，看到窗外的影子就放一段录音，这觉就睡踏实了，一年多来那绷得紧紧的神经完全放松下来了，再也不用服用扑感敏来治那偏头痛。

没了夜晚，午后就成了他们每天的固定时间，他们要把里间的风扇开得大大的，把窗关闭得紧紧的，把电视调到窗外能听见，有时他们会放首歌，都是她和刘曙光最爱听的歌，把这一切都当成爱的摇篮曲而加以享受，把这个家当成他俩心灵停歇的港湾。

9

往后，中午一下班，海军匆匆吃过快餐就往八一楼小芝家去，他像中了魔一样，每天中午都急匆匆来小芝家，一天中也只有这短短两个多钟头属于他们，他不能不急匆匆。小芝像壶陈年佳酿，他像个品酒师，怎么也品不够。但等他一回到单位就像换个人似的，他常常坐在风扇下的办公桌前睡着。大家知道他还为人事调整的事，心情阴暗着呢，谁也不敢打扰他。

海军不能来的夜晚，小芝会在孩子熟睡时，一个劲地给他发短信：

“这被你唤醒的黑晚是那么的漫长。”

“你睡了吗？”

“你在想什么？”

“这不远不近的距离，日子怎么过呀！”

“你再不来，我就不活了。”

“你怎么像魔鬼一样，死缠着我，我恨死你了。”

有时把海军聊得心血澎湃睡不着，你试想，深夜里一个女人跟他说很想搂着睡觉那是什么感觉，他想都没想就回了短信：

“那就来吧！”

“可惜我的手臂不够长。”

他们就这样像小芝的短信里说的，一直要聊到东方出现鱼肚白为止。

那天下午，他在办公桌前一觉睡到别人都下班走了，海军他做了一个梦，梦见自己变成一只猎豹，不小心窜到狮子的领地去打猎，等他带着伤回到大草原，发现自己的孩子走丢了，等到找到自己的孩子时，他的孩子都让狮子给咬死了，海军还在梦里悲伤着，他儿子的电话把他唤醒了，儿子在电话中一个劲地说：“爸爸，兵马俑真好看，爸爸你什么时候也来西安，我带你去看兵马俑。爸爸，这里的动物园真大，我和妈妈有骑大象照相。”这一口一个甜甜的爸爸，把他的心都揉碎了，眼睛湿润了。他的女人李亚茹在电话中听出他的哭泣，以为想她母子俩了，就像哄孩子一样地哄他说：“等孩子一放假，我们就回来。”

“不要，我没事，到时候我去看你们。”

海军最后在电话中这样安慰自己的老婆孩子，他想，要是有一天，他的女人也变成小芝，也成了别人囊中的麝香，他要怎么去面对。他想，有时他根本无法去面对，因为她也可能装着跟没事一样，夫妻间要有这种事，当丈夫或当妻子的永远是最后一个知情者，谁也不会当面向对方坦承，除非这日子不想过了，别人就更不会把这杆子事捅破，只会在背后戮手指头，世上只有摘瓜的王婆，没有看瓜的王婆。想到这，他觉得对不起刘曙光，转而又想，这也不对，这是巧合，他不是有意去摘他刘曙光的瓜，他女人小芝也为他坚守过，他像个收成无望的瓜农，偶尔经过他刘曙光的瓜棚，他发现他的瓜苗在日渐枯萎，或者他发现一个瓜秧落在瓜架下，他把它扶起，那个旱得脱水的瓜就落入他的手中，他临时替他当个看瓜者。他一瞬间闪过，自己不能再犯浑了，他要提前把这棚瓜还给刘曙光。

第二天中午，小芝一个电话又把他这个想法给打破了，他没有服从昨天那一瞬间的念头，而服从心底的感召，他像自己说的：自己是魔鬼，小芝是法师，她一念咒，他就会主动匍匐在她脚下。可怕的是这个法师也像中了魔，一有空就念咒，一念咒，这个魔鬼就得来伏法，一直伏法到今天中午小芝说的，魔鬼把法师给害惨了。

小芝没有像往常一样放下手中的活计，她因海军这个魔鬼而落下厂里太多的活，尽管她每晚在玩命地补做。她头低低地问了一声：“怎么办？”

“拿了他。”海军说。“来不及了，他明天就回来。”“移民局来通知了？”小芝点了一下头。海军不再说话，他习惯性地从口袋摸出手机来看了一下日期，12 :35 分，星期三。他心里暗暗盘算一下，是来不及了，这真是急死人了，而不拿下他，这一天天会膨胀的肚皮终究会惹祸，自己亲手在小芝的肚皮上埋下一颗定时炸弹，现在却无力排除它，他突然间觉得自己是这样的软弱无力，他看一眼眼前这个给自己无穷快乐的女人，怀着万分复杂的心情坐了一个多钟头，走了。只留下小芝那无助的眼神呆在那里!

10

海军并没有回单位，他回家里沙发上躺着，对着天花板呆呆出神，海军一直躺到小区里的万家灯火阑珊时分，窗外的灯光映着他那张木讷的脸，一只蚊子把他的脸叮疼了，他啪的一声，扇了自己一个大嘴巴，巴掌上带着划下的血痕，他匆匆地起来，带着他一直拿不定的主意走出家门。他又一次无限留恋地走过江滨花园，那棵被雷劈下一半的大榕树依然活着，树根处裂开的伤口，像有一串伤心的故事一直向路人诉说。

夏夜的风在轻轻地吹，他觉得一切都很轻、很轻。

海军一直闷到第二天大半上午时才起床，他决定了，他不能再犹豫了。他指着镜子里那个鼻梁说:“我就不信，一个活人能让一泡尿给憋死，时间，对，时间能改变一切。”他也学卡扎菲，对镜子举起双拳给自己打气，然后信心满满地出发了。

他知道移民局已经搬到新开发区了，从小区出发，顺着河滨走五分钟就到了。他对自己说:“我就不信他会见死不救!”这个“他”是移民局新当家局长，他师院读书时的同班同学贺铁军。他们上下铺一块儿睡了三年，海军叫他贺铁蛋。贺铁蛋这人花花肠子鬼点子特多，其实他想好了，也不需要他要什么花花肠子，只要他以种种借口拖住那个移送回来的刘曙光就成了，比如手续不全，比如需要隔离审查，实在不行他借口去玩几天不回来，交代手下人这等关乎国际间的大事，定要等他回来把关签字方可放人，委屈刘曙光在移民局或司法机关待上几天，就OK了。

河面一阵微风吹来，蓝天绿水工程的上游拦河坝溪面上，泛起粼粼波光。一条溪流被人工一截流，桀骜不驯的溪水一下就听话了，它放缓了前进的脚步，水在这里演绎另一种哲学的状态。心情一好起来，海军觉得胸中所有的问题都迎刃而解了。

迎面走来几个背书包的小学生，哇塞，都放学了，他又加紧脚步，他一定要赶在移民局下班前，见到老同学贺铁蛋局长。

“叔叔好！”“小朋友好！”他眼睛亮了一下，这不是小芝的孩子嘛，好像又长高了不少，他把脱下的衣服不断向空中抛，再紧跑着去接，高兴得像一只放飞的蝴蝶。

“你妈妈怎么没来接你？”“我妈说她有事情，让我自己走回家。”他高兴地又抛高了衣服。他想到了远方的孩子。他摸了他一下头，径直往前走。那孩子太高兴了，猛往前跑，转过身来对海军说：“我妈说我爸要回国了。”海军听了心里一愣，对他说：“别贪玩，早点回家。”“嗯。”

一边跑一边抛衣服，就像一只快乐的蝴蝶。

海军走出不到五十米，就传来大呼“救命”的声音，他转身一看，一个老大娘在岸边焦急万分地指给他看，一个孩子掉河里了，他紧跑两步，正是小芝的孩子。大娘焦急地比画着，说那孩子把衣服就那么一抛，偏了，抛到溪里的外侧，他伸手一接，没站住，晃了两下，掉下水里。

大娘的呼救声引来一群人围观，大家七嘴八舌的就是没有一个人愿意下水救人。不蓄水，这里顶多浅至没膝，如今一下成了吞没生命的深渊。海军小时候只学过狗刨式，救人他从未遇过，他犹豫了一下，来不及了，海军看那孩子在水里扑腾了几下，很快就沉下去了，连伸出水面最后一只呼救的手掌也不见了。他眼里浮现小芝那无助的眼神，让他心碎的眼神，他什么都没想，向着那朵生命的浪花跳下去！

……

救护车走了，刚才那大娘对着围在河边群众不断地重复她的见证，她说，多亏她呀，一喊救命，那个大男人就这样扑到水里了，举了好几下，才把那孩子举出水面，被岸边的群众救上来，自己却没见上来，又多亏了工地那帮民工，跳下去几个小伙子，还有几个在岸边帮忙，才把他拉出水面，一大一小放在栏杆上压水，肚皮咣咣的，挤了好多水啊，特别是那个大人。她在不断地重复自己的见证。

等到海军完全清醒过来时，他先看见有个白衣天使站在眼前，像那点滴一样，那一点很慢，很长，把眼前护士虚幻成一个模糊的影子。渐渐他感到一阵疼痛，肺部的疼痛，不，还有一只手一直像被钳住一样的疼痛，这痛一直在唤醒他全部知觉。他在寻找这疼痛的地方，原来他的手被一个佝偻瘦黑的男人紧紧地握疼了。

“醒过来了，醒过来了，海军醒过来了！”他听见一阵欢腾的声音。

“海军认得我吧，我是曙光啊，我是曙光。”

他终于认出这完全脱了形的昔日老同事刘曙光了，他的手就是被他给握疼的，可能他就这么一直握着，看上去，他起码要老上二十岁，眼里噙着泪水，手握得更紧了，使劲地摇晃着，像一对久别重逢生死与共的战友，一句话也没说出来。曙光转向小芝说：“小芝，快，我们一起给咱们家这个大恩人一起磕个头，快，快过来。”

小芝迟疑着朝这边张望，她也一手紧紧握住躺在床上的儿子的小手，眼神和海军正好打个哑语，充满复杂的感情。曙光还在催促自己的女人说：“快，快过来，替儿子给救命恩人磕头，快啊！”

刘曙光激动万分，小芝还在扭捏之中，一脸羞涩的样子，在男人的一再催促下，走到林海军床头，夫妻俩一起咚咚咚地磕了三个响头，这一幕刚好被电视台的记者给抓拍到，一大队人马拥簇着县委书记向病房里走来。海军刚要对曙光夫妇说使不得，见到书记缓缓向他走来，上前，握住被刘曙光握疼的那只手，他内心一阵翻腾，只是他还吸着氧，几次欲言又止，豆大泪珠不断涌出来。趁着人多，小芝跑出病房到走廊上。

书记说:“你是琯城人民的骄傲，你是救人英雄，全县人民都应该向你学习!”

护士过来换药了，她说:“你们不应该和他多说话，让他休息。”

“对，好好养伤，有话明天再说。”书记应和着，只有记者们还在病房里拍个不停。

走廊外传来小芝一阵阵呕吐的声音。

澡堂

1

好不容易熬到隔壁三号床的病人出院了，春发想，可以在新病号进来前这段空隙里狠狠地伸个懒腰了。自打儿子住院以来，他和老婆轮流趴床沿，都趴三天了。

尽管三号床只一个棕蓬垫，春发还是觉得舒适无比，毕竟可以四平八稳地睡上一觉。一阵睡意袭来，他蒙眬之中看到连着儿子的点滴管在一点点地放大，陈护士那曲卷的睫毛在扑闪扑闪的，老婆那黄瓜脸随即拉成了一张马脸，只愣了一会儿就什么都不知道了，鼾声响起。

春发梦见老婆那双短粗的手一把一把地挠着自己，越挠越疼，不由得无名火起，睁开眼来刚要破口大骂，老婆说，你看你看，你把自己全身都抓出一道道血楞来了。他清醒过来，猛然感到全身奇痒无比，一看，上上下下全是大疙瘩，越抓越痒。

“是不是过敏了？”老婆小心翼翼地问。

春发横了老婆一眼，他压根没工夫理会她，挠痒痒是眼前的当务之急。

“肯定是床不干净，去洗个澡就会好了。”听到这个提示，春发才想起自己其实别说洗澡，就是脸都三天没擦了，他心中估摸着，不是这床脏就是刚走那个病号有皮肤病，心中一阵懊悔，过铺睡觉为什么还坚持光背睡呢，可是，不光背他是睡不着的。

他抓起手机给老朋友庄文亮去电话。去他家洗澡不仅因为可以省几个钱，还因为春发对这个城市太陌生了，陌生到连一个澡堂都找不到。

春发在人力三轮车上不止一次地催促师傅快一点、再快一点，他觉得今天心情实在糟透了，庄文亮那小子不知又到哪儿鬼混去了，就连那个穿开裆裤一块玩儿大的刘忠勇也联系不上，任由师傅拉着他在街上蹿。

人力三轮七拐八拐，拐到了大生澡堂，大生澡堂在小巷深处，隔着窗格两个卖票的中年男女眼角瞟着春发：“大池还是小池？”

“最好的单人池多少钱？”

“最好的‘华清池’十块。”

春发拿着澡票想，杨贵妃，华清池，才十块，不算贵。他被人领到一棵桂花树旁的101号华清池，一进房间，他上上下下打量一番，就发现自己上当了，什么狗屁华清池，不要说跟当年贵妃娘娘享受的那个高级别没法比，其实压根就不沾边；而他进来前怎么就傻乎乎地把它和当年贵妃娘娘享受的那个池子硬生生联系在一块呢？他想打个三折的享受还是有的吧，但就一个大睡盆和一张沙发，那个半开的窗户怎么也关不上，刚开春的冷风呼啦啦直灌进来。水龙头锈迹斑斑，破柜子下一双不知多少人穿过的拖鞋快脱帮了，就这些破玩意儿也敢叫华清池！

在这人生地不熟的地方退票是不可能的，只能小心翼翼地从袋子里拿出一张报纸来，铺在沙发上，衣物一件件脱下来，折放在报纸上。赤脚刚套上那双破拖鞋，马上触电一般脱下来，别他妈前面洗的那个是个香港脚。他自言自语地说。赤脚站在睡盆里，这时，忽然又想到，这睡盆才是世上最肮脏的地方，自它一铺到这地方来，不知在里面睡过多少人，又有多少人把一身的污垢搓在这盆里，说不定还有病毒。他蹲下身来，想把睡盆洗一遍，竟看见那破柜的角落里有一张湿淋淋的卫生巾，他妈的什么玩意儿。春发冲自己发了一顿火，拉开门栓大喊：服务员！服务员！

一个四十岁左右的妇女，迈着内八字，笑盈盈地走过来。春发强忍着无名的怒火："小姐，能不能换个地方。""这里没有小姐，这里有按摩、有搓澡……先生。""能不能换个地方，我想要更干净的地方。""这华清池不干净，还有哪个地方干净？你要知道我这可是三星级的。""干净你妈个头，见鬼去吧！"春发探着脑袋冲了她一句，要不是还光着身子，他真想冲出去把她拉进来，让她看看这池子到底有多干净。他认了，他撕下半张报纸盖住卫生巾，再里里外外地把睡盆重新洗了一遍，灌满水，把整个身子浸在热腾腾的盆里。他闭上眼睛，尽可能地平静自己，他太需要平静了，自年底三岁的儿子被查出“隐睾症”到今天，他没有一天是平静的。他想不明白，上帝造人都是五官俱全的，偏自己他妈的好不容易生个儿子，就他妈的把他的一个蛋蛋给憋在腹股沟里。要不是那次给他洗澡时摸了一下，这个问题说不定要到猴年马月才发现，别说是到了青春期，医生说，要是再晚几年发现就迟了。这可是男人的命根子，要是这玩意儿都不健全，他长大后能不怪自己吗？

一想到上医院，春发就觉得脑袋胀得比箩筐大。医生说让他多备点钱，做手术总是有风险的，在医院里，钱就是命，有钱才能救命，不是医生能救命。他感谢朋友介绍的医生跟他说了实话，要他至少带八千块钱。可他到哪儿能筹到这个数呢？前年买房首付的十万块就是他厚着脸皮把该借的七大姑八大姨全借了一遍，去年装修房子他又向这些人借了第二遍，总不能为儿子的这点手术费向这些人借第三遍吧！要不是每年过年都挂单在丈母娘和自己老娘家，他觉得年都过不了。他觉得一个工薪家庭活到这份上简直窝囊。

春发思绪万千地靠在睡盆里想着烦心事，身上开始微微冒汗，一冒汗浑身又痒起来，越挠越痒，原先那些小疙瘩全变成大疙瘩，他呼地站起来，他真后悔自己贪一时的舒服就在这千万人泡过的睡盆里泡澡，他感觉全身张开的毛细血孔都被病毒入侵了，啊，性病。他赶紧把盆里的水放掉，拧开水龙头不停地冲，冲洗男人那个命根了，那是最最要紧的。要是全身的皮肤都染上了还能跟老婆解释清楚，要是这命根子被无辜染上，就怎么也说不清了。他恐惧不安，使劲把全身搓得通红通红，像个红柿子，再把水温调低一点，冲，冲。半天后，舒服多了，全身都不痒了。他怀疑自己是不是太神经质了，哪会泡个澡就泡出性病来。想到这他冲墙壁笑了。心情一转好，他就会习惯性地吹起口哨。他穿戴整齐，吹着口哨出了华清池。路过卖票窗口，刚才过来的那女人看他这高兴样，瞪大了眼睛。这时他听到大门口那个女澡堂里面动静很大。他饶有兴趣地竖起耳朵细听，还真打起来了。一个操四川口音的妇女骂得比较凶："你这臭婊子，我打死你、打死你……"接着噼里啪啦一阵剧烈的声响。瞪他的那女人听到这声音赶忙跑进去看个究竟。春发听到她在里面大呼小叫地拉扯这个，又吓那个："再不停手我就报警，你们也真是的，就为一个水龙头就打起来，你看你都流鼻血了，你、你、你，差一寸就把人家的奶头咬下来了。"春发又听到另一个女人的呻吟："唉哟，她差点就把我这地方踢烂了……这四川婊子，凭什么这么霸道死占着水龙头，唉哟……"

什么乱七八糟的，春发骂了一句，登上一辆候在门口的人力三轮。这时，大上淅淅沥沥地飘起雨丝，雨丝在闪烁的霓虹灯下，纷纷扬扬，一下就钻进旅人的愁肠里，钻进春发的愁肠里。他正想念一个人——三妞，这个一说来心口就会痛的名字。只要到这座城市来，他就不能不想到她，这次他儿子的手术费也是她转来的。春发还骗老婆说是跟远方一个老同学借的，其实他哪有什么远方的老同学。去看她？不。不去会后悔。去了更后悔……春发心里就像刚才澡堂那两个干架的女人似的，乱七八糟的。

乘人力三轮从澡堂到三妞的公寓要走很久，但春发愿意坐人力三轮去，可以漫不经心地欣赏沿路的风景，漫不经心地想心事。他想起十年前的三妞，那时的三妞是村里的村花，追她的人起码有一个加强连那么多，他私下里还跟三妞开玩笑，叫她“连长”。那年他刚从一所并不知名的师范学院毕业，分配回本村的那所初中校任教。三妞则在他洗澡的这个城市打工。她十八岁就跟堂姐到这个城市打工，他在师院的三年时间里，三妞给他寄过六次钱，四次东西，有毛衣、西装、旅游鞋，时兴什么寄什么。临毕业那次生日，三妞给他寄来了一部摩托罗拉 BP 机，这 BP 成了全班同学的寻呼台，让他觉得自己的腰杆特别硬。可是每多收一次三妞的钱物，他的心情就沉重一分。他想给三妞写信，告诉她自己的心情，但三妞斗大的字不识一个，想打电话，又怕说不清楚。每次放假见到三妞，三妞那不容分说的眼神又让他一次次打消了说清楚的念头。

直到那年中秋，三妞回家了。每天晚上他们都在小溪边散步，有一天三妞说，她不想去打工了，她要留在乡下开间店面过日子。说完她认真地看着他，等他来决定她的去留似的。他记得清清楚楚，当时三妞的眼睛是那么的干净，就如月光下那条小溪的水那么清澈，连同她的每一句话。他心跳得像擂鼓，没头没脑地说起儿时的事，那时一块儿放牛，一块儿在小溪里摸螺蛳，一块儿到山上摘杜鹃花……真希望日子就这么停住了。可这一个个平静而漫长的夜晚，最后还是被和春发一块儿到这里任教的那个陈东平给打乱了。

陈东平是这所中学唯一一个在编英语老师。他让人过目不忘的是有两颗跟铲车一样的门牙。就在三妞跟春发说自己要留在乡下过日子的那个夜晚，他们在小溪边碰到了陈东平。陈东平迎上来直嚷嚷："春发，可以呀！难怪你老说家乡的月亮比城里的圆。"他赶紧打哈哈："她是我表妹，刚从 X 城回来。"春发一说完表妹，后腰就被"蛰"了一下，是三妞狠狠地掐了他一把。"哦！原谅我的粗俗的玩笑。"陈东平的目光就像一把尺子，借着月光在三妞身上仔细地量了一遍。陈东平刚走远，三妞又狠狠地掐了他一把，冷冷地说："说得多动听，咱啥时都成亲戚了，是姑表亲还是姨表亲。"说完她踹了他一脚跑回家去了。第二天，她就回了 X 城。

陈东平却缠上门来，他一有空就来找春发，绕来绕去就说春发表妹的好。春发不理他，他讨厌陈东平，这家伙教初三，刚走上讲台没三天，就给自己的女学生写信，吓得那个女学生请了好几天病假，不出一个月，全班就有一半的女生看过他的日记，听说有的女生看哭了。三妞肯定不会喜欢这样的人，自己对三妞即使再没感觉，也不能让这家伙来骚扰三妞。

过了一星期，三妞突然又回来了。她激动万分地告诉春发，她有一个代理电脑销售的机会，但她丁卯不分，所以她想让春发跟她一块儿去闯天下，三妞问，你敢不敢去呀。那时电脑刚刚走入寻常百姓家，春发相信这能赚大钱，可是春发没有答应她。现在回想，自己就是一个没用的东西。当时春发说："三妞，我们的感情会开花但不会结果，你知道，我一个穷教书的，靠一份薪水撑不了一个家，你还是找个好人家吧！"

他说这话时不敢正眼看三妞，他们就坐在小溪边的一块石壁上，不停地向平静的小溪里丢石块。过了很久，三妞回过神来，她冲着春发大吼："你个胆小鬼，现在城里遍地黄金，就看你敢不敢去抢！我看你是吃不了那个苦，经不起风浪，你白读那么多书了，还说什么靠工资养不了一个家，谁逼着要你养家了，谁稀罕跟你住一个家了！"她越说越气，干脆，一把将春发推下水去，气呼呼地走了。走了十几步，头也不回地扔下一句话："我不管，反正我等你到三十岁。"春发刚从湿水中爬起来，听得一愣一愣的。

这时街上的雨珠突然大起来，风刮得沿街两旁的槐树像招展的红旗，呼啦啦地响。

三妞没等到三十岁就被陈东平像攻山头一样给攻下来了。陈东平看春发并不能对自己真实的想法有帮助，就把进攻方向转向三妞的家人，他把自己包装得跟国家大干部一样，三天两头往三妞家里跑，还托了一大帮有头有脸的人去说媒，弄得三妞还不知此事，她奶奶已经私下里应下了这门亲事，她奶奶说，如果三妞不答应，就死给三妞看。三妞从小跟奶奶亲，三妞就听奶奶的话。就这样她稀里糊涂地应下这门亲事，那年，三妞二十六岁。

三妞出嫁前一天，她娘家人大摆酒席，春发也去喝酒，酒桌上，身穿嫁妆的三妞在所有亲朋好友面前跟春发一杯一杯地干，她说："今天如果没让我和春发把酒喝够，明天我就不嫁给陈东平。"两个人都烂醉如泥。第二天春发还没醒来，三妞就风风光光地嫁到三十公里开外的陈东平家去了，陪嫁拉了一汽车。春发心里不知是悲是喜，他觉得自己欠她的太多了，但她嫁了也好，他起码没在三妞三十岁前，更没赶在她前面成家，这是他安慰自己的唯一理由。

三妞出嫁的第二天春发就接到电话，三妞在电话中说：“如果中午十二点前，不到伯公凹等我，我就自杀。”

第三天一大早，新郎陈东平气呼呼地跑到三妞的娘家来要人。三妞失踪了，三妞去了哪里，谁也不知道。

2

春发还沉浸在往事当中，师傅提醒他到了，春发付了车费，站在郁郁葱葱的花园小区门口。从大门口望进去，这座小区不大，楼房也不多，八幢七层高的楼房，像个八卦方位一样排列着，紧紧地围着中间那个像森林一样的花园。走进去才发现，花园里有假山、亭台、楼阁、花坛、大型喷水池等；一排又一排高大整齐的河柳、香樟、芒果、松柏、木棉，还有很多他叫不上来名的大树，把篮球场、羽毛球场、健身场围成一个个方块。最不可思议的是，小区内竟然还有足球场、游泳池。他心里暗暗吃惊，这是名副其实的花园小区呀！如果不叫三妞下来接他，看来他都要在这座花园里迷路了。他一摸口袋，手机忘带了，只好请保安呼叫 3 幢 508 的主人来大门接客。

春发远远地看到一团火在这座花园的森林间那条鹅卵石小径上，

盘来绕去向他滚来，那团火越来越近，一直到他跟前，停住了，那是他五年没见的三妞，穿着一身深红的连衣裙，迈着碎步，笑吟吟地站在他面前。

“别用那牛眼睛看人，没看够，当年为什么要丢下人家呢？”

春发发现了自己的傻态，三妞还是当年的那个三妞。但他又觉得有点不像，当年的三妞哪有今天的这份妩媚，一笑一颦都带着难以言说的娇嗔。他心里闪过一丝酸溜溜的念头。

三妞的家真大，方方正正六十多平方米的客厅，尽管有一套组合的真皮大沙发和一张大茶几占据着不少空间，但那剩余的地方还足足可以当个小舞厅。左右门两对开的主次卧室中间隔着一个大书房，书房中有一张台桌，台桌上一台电脑。三妞看他左左右右地打量她的家，就不急着给他泡茶，先带他到书房里转转。书房也够大的，足足有三四十平方米。春发发现书房里还有一套两对坐的小茶儿，旁边一张精致的藤编躺椅。他在躺椅上躺下来，前仰后合地摇。躺椅旁边挂着一把不知是什么草编成的大蒲扇，春发伸手拿来轻摇几下，一股带着清香的风扑面而来。茶儿上的茶具都是宜兴紫砂。靠阳台落地窗两边各摆两盆竹景，两面墙都是装修考究的书柜，书柜上满满的全是精装书。台桌对面是一幅大山水，左右两条屏上写着：“两翼生风游千山，尘俗缠身庭中坐。”台桌后面的半壁墙上，各种山石、瓷器错落有致地摆在架子上。春发暗暗赞叹，看来这房间的主人不但阔气，而且还蛮懂生活。

三妞见他喜欢这书房，于是就在书房里泡茶。她没泡当地盛行的白芽奇兰茶，她找来一罐洞庭碧螺春，在大紫砂壶里慢慢化开，再兑到小杯里，两个人端着架子慢慢地品。

“三妞，你小日子过得挺滋润呀！”春发先打开话匣子。

“是吗？”三妞不接他的话茬，“还没吃饭吧，今晚我们下面条。”说着她到厨房里忙活去了。春发听到一声鸟叫声，寻着这叫声他来到阳台上，阳台也很大，有近二十个平方米，一个阶梯架子上摆满了各种盆景，有许多的兰花，阳台的角落里挂着一只鸟笼，笼里养着一只金丝鸟。他感到奇怪，这么大的家，怎么就三妞一个人？他闪过一串问号，一想这些脑袋就大。他赶紧回到躺椅上，又品了几杯碧螺春。他在躺椅上摇晃了几下，竟把自己晃入了梦乡。待到他醒来时，已过了一个多钟头，三妞就在他旁边守着，还拿了条鸭绒毯盖在他身上。三妞笑着问：“你刚才说什么？”

“我刚才说什么？不知道呀，那肯定是梦话。”

“不，你刚才不像说梦话，像跟人吵架。”

“我刚才到底说什么啦？”

“你说，你敢碰她一下我就宰了你。什么乱七八糟的，让你这么凶，梦里碰到土匪跟你抢老婆啦？”

“对，我梦见土匪绑架你这个富婆。”

“只要这土匪不是你就好。”三妞不跟他要贫嘴，她转身把一锅面条盛上来，还有几样鱼干、笋丝小菜。春发知道三妞的脾气，凡事不能跟她客气，一客气她就会觉得见外，她就生气。他觉得这大骨汤三鲜面很对胃口，于是像只饿狼一样放开大吃，竟吃出一身热汗来，这一出热汗，他又感到浑身不对劲了，刚才那些已经消失的疙瘩又痒起来了，浑身都不自在，要爆炸似的。

3

春发离开三妞家时已近深夜了，天上的星星很乱，他头脑也很乱。太荒唐了，就因浑身发痒老婆让自己去洗个澡，竟一洗洗到半夜，把一个手术刚三天的儿子和自己的女人扔在这个陌生城市的医院里，她们现在一定急死了。

一摸口袋，再一次想起自己忘了带手机，难怪，要不然，他那没主见的女人都不知要挂多少回电话了。几年下来，他们不断地为家庭琐事而争吵，老婆变得越来越小心，越来越唯唯诺诺，而他变得更加暴躁、更加蛮不讲理。这是他们的生活，谁也改变不了。结果，他成了家里的暴君，她变成霜打一样的黄脸婆，一点滋味都没有。

你看，二妞活得多滋润。有一套近二百平方米的豪宅，一部车，从头到脚一身珠光宝气。听她刚才讲，光她手上那块全镂空的瑞士表就值十万。想到这，他突然觉得对不起老婆。他也说不清楚，自己是怎样稀里糊涂乱了。想想还是那该死的皮肤过敏。在她家瘙痒难耐时，三妞找来肤康药膏，自己当时就像个听话的小弟弟，在她的指挥下，在她卧室里，一件一件剥下人类用来御寒的外衣，直到把自己剥光了。他刚开始还觉得难为情，还被她半娇半嗔地嘲弄了一番：

“你一个大男人，就不要在我面前装君子了，我是看你可怜，就你瘦巴巴的一个人，我会从你身上扒下一层肉来不成。”

他只好任由她滑腻的手指在后背滑来滑去，滑得他热血澎湃。他甚至都记不清当时是谁先转过身来。他们在那张二乘二的大床上翻来滚去，似乎这是一场积压多年的火山，一旦喷发就不可收拾，恨不得把对方整个儿都化了。

唉！自己怎么那么粗心，非要等到都折磨得精疲力竭的时候，才仔细地打量对方，才注意到她身上尘封了五年的伤疤。好像事前三妞说过，今晚就是要让他明白她身上那三个烟头疤的来历，让他亲眼看看留在她雪白大腿那两寸长的刀疤。而他却像什么都没听到一样，就像一头野兽，在三妞这块肥沃的田野上尽情撒欢。要是他早一点听完她的那些经历，他还会让这不该有的荒唐继续下去吗？不知道。但他知道，今晚无论发生什么事情，三妞都一定要把积压多年的故事告诉他，她说，不然她到死也不会瞑目的。

一想到三妞这些疤痕的来历，他深吸了一口冷气。这三个烟头是她自己烙上去的。那年他跑到伯公凹去接她，不想她却一头钻回X城，通过她堂姐介绍，到一家台商企业上班。她想一头钻进那外人找不到的车间里，慢慢地舔舐陈东平留下的伤口。没想到，这家企业老板却来替她舔舐伤口了。老板是台湾人，似乎有一种特别灵敏的嗅觉，远远就闻到了三妞这只受伤小鹿的伤口发出的腥味，他用自己的方式为三妞疗伤。他用不到半年时间，让三妞从工人、车间主管、办公室主任、老板助理，一路做到了他的个人生活助理，成了这所房子的主人。他对三妞的好是从夸三妞的能干开始的，她夸三妞年轻，再夸她漂亮。她哪里知道这一切都是有来由的，一个精明的商人，每一句话，每一步行动都是事先策划好的，算计好的，所以不到一年时间，他就把三妞算计到手了。他原先说自己没结婚，台湾那边没老婆，等三妞连续为他生完两个儿子后，他的那个台湾老婆就从台南那边飞过来了，把三妞生的两个儿子说成是她的儿子。三妞明白了，她像一只有使命的母鸡，这些年来一直是在替人家下蛋，下了两颗金蛋后她的使命完成了。作为回报，他留下了这套豪华的房子和那部小车。

儿子被台湾老板悄悄骗回台湾那天夜里，三妞在自己的胸脯上用烟头烙上了三个印。

说到大腿上的伤疤，三妞说那是在她和陈东平的新婚之夜留下的。她不爱他，她只能安慰自己，嫁个这样的老公也算替自己找到一张长期的饭票，慢慢地培养感情，日子过久了，一切就会好。但这个畜牲一把老婆娶回家就原形毕露。那天中午，他没有到客厅给亲朋好友敬酒，而是直接把她按在床上，要来那事，他说多一分钟都等不及了。两人在床上角力了一个多钟头，后来陈东平的母亲无意间闯进来，才没让他得手。谁知陈东平把一肚子的怒火发泄到母亲身上，他怪母亲来得不是时候，一反手就给了自己的母亲一巴掌。三妞说：看到这一幕，更加坚定了她反抗到底的决心，试想，一个连母亲都敢打的人，跟他生活一辈子会幸福吗？一想到这，三妞说，她趁机溜出新房，左思右想，一定要找到一件可以防身的东西放在枕头下才好，不然这漫长的一晚怎么熬呀！她找到了一把剪刀，后来证明这样做是对的。当晚，两人在新房里果然又重复中午的角力，一个晚上都是你死我活地你进攻我防守。三妞说，多亏了那把剪刀，不然她就让那畜牲给糟蹋了。就在她精疲力竭的时候，她朝自己大腿划了一刀，鲜血直直涌了出来。她告诉那畜牲：如果再相逼就当场自杀。最后把他镇住了。他哪能想到，天黑之前，三妞就已下定决心要逃了呢，他还以为刚结婚的女人都这个样，他以为再花上几个晚上的工夫就一定能把她给征服了，他当时就是这样对三妞表白的。他也做了一件让三妞没想到的事，第二天清早，他竟然带着亲嫂子到镇上去了。原先三妞也听说过一些有关于他和自己嫂子的闲话，这一看，还是吃了一惊。陈东平带着嫂子一走，三妞就跟陈东平的母亲说，自己要到村子里转转，一口气转到伯公凹去了。后面的故事不说春发也知道了。

最后，三妞又像多年前那样掐了他一把，说："你就不怕你老婆等急了。"

4

春发做贼心虚地赶回医院里，看到女人和儿子都好好的。儿子睡在床上，被子掖得实实的，女人还是像前个晚上那样，趴在床沿边睡着了。他轻轻地拍醒自己的女人，低声问:“吊瓶挂完了?”女人说:“挂完了。你怎么这么晚才回来?”

“在街上碰到一个老同学，跟他一块儿吃了顿饭。”

“庄文亮来过了，还有你们学校的也来过了。”

“谁?”

“陈东平。”

“他来干什么?”春发一听到这名字嗓门就跳起来，把他儿子都惊醒了。儿子一醒过来，就吵着要玩电动车。“谁买的，儿子?”“是陈叔叔买的。”春发一听，脸色变了，一把夺过儿子手里的遥控器，抓起还在地上跑的电动车，一使狠劲扔到窗外去。儿子“哇”的一声大哭起来:“你赔我的车!你赔我的车!”小孩子哭得差点背过气去，把值班的陈护士都哭来了。“你们也真是的，不知道这孩子的手术后是不能哭的吗?真是的，连个孩子都带不好。”

陈护士气咻咻地离去了，春发忙凑上脸去，叫儿子打他几巴掌，并答应说，天亮就买个更好更大的电动车。他每次哄儿子都是把自己的脸伸上前去，让儿子扇几巴掌出气。儿子扇了他几个嘴巴，果然就不哭了。

春发跟陈东平的紧张关系，女人是知道的。不过她看春发一提起陈东平就怒不可遏的样子，就没有再解释她今天是怎样推辞再三，最终才收下了一箱纯牛奶和那辆电动玩具车。她总不能当着那么多人的面跟一个大男人推推搡搡，再说儿子一见到这两样东西就死缠着：“我要、我要的。”再晚一点给他，手上的吊瓶都会给拽下来，小孩子的喜欢是不分亲疏的，是凭直觉、凭喜好，再说当时陈东平是那样诚恳，他一再解释，他说这是学校让他代劳的，是校长的心意。春发从来就不听她解释。她明白，这么多年来，春发为什么总争不过陈东平，他们之间，一个人用的是心计，一个人用的感情。用心计的人，步步为营，每做一样事情都瞻前顾后，都思考再三再付诸行动；而用感情的人就像她的儿子，凭直觉、凭喜好，脑子一热，什么事都干得出来。那个用心计的男人，在自己老婆跑后的第三天，就从老婆的娘家闹回所有的彩礼，连同他多年来给她家干了几大小工的工钱也要了回来，不到三个月，就把当地村支书的女儿讨回家。虽然村支书的女儿长得不能跟他跑的那个老婆相比，一腔的门牙往里凹得厉害，但跟陈东平凑在一块儿倒也是天生的一对，一凸一凹嵌在一块，严丝合缝，就像他们婚后形影不离的小日子。

陈东平和村支书的女儿也生了一个儿子，但一生下来就少了一个耳朵，少了耳朵那边脸明显萎缩了不少，一看就是个阴阳脸，到三岁时才学说话。陈东平在学校总是一口一个我那儿子，我那儿子今天会画画了，我那儿子今天朝我笑了……自他成了村支书的乘龙快婿后，他很快就当了学校的团支书，年底就入了党，第二年就升为校长助理，就有了得意扬扬的表情。春发讨厌他，看不起他。可自己每一步都是踩在陈东平走过的脚印上，从班主任到副段长、段长再到现在的副教务长，全是捡他丢下的，每拾到一个小头衔都充满辛酸。春发心眼实，凡事凭实力，处事凭感情，可是好处都让陈东平一个人得了。如今，陈东平那孙子就要当副校长了。他今天来医院看自己儿子，说是代表学校的意思，明摆着是来显摆了。男人心中的悲凉，女人是永远也无法理解的！

5

三号床还空着，春发把自带的毛毯铺上去，让女人上床去睡，自己又像前几个晚上一样，趴在床沿上。听着娘儿俩在梦里均匀地呼吸，怎么也睡不着。这一晚，他听到儿子不住地在梦里喊：“你赔我车！”透过走廊微弱的灯光，他发现女人眼角噙着泪水。他感到自己窝囊透了。他又想起了三妞，三妞说，你要想让自己的老婆孩子过得好一点，只靠你那点工资就算了吧，这是一个充满机遇的社会，就看你敢不敢赌一把。

赌一把，对，赌一把。他走出病房的小露台时喃喃自语地说出了口。树挪死，人挪活。有时连树也要挪一挪才能更好地活着，那些深山里的参天大树就因为没挪地方，结果就成了斧钺之下的牺牲品，而那些挪到公园里的风景树，却有人百般呵护。看来树都要挪一挪才能活命啊！当然，挪到公园里的树也不是全活了，也有夭折的，但赌一把总比在深山里任人宰割好。

要把自己挪到哪儿去呢？毕业这么多年来，他不止一次动过要挪一挪的念头。他的学校每年都有一两个同事挪到县城中学或机关单位去，有的甚至挪到更远的X城，而且都挪活了，日子都滋润了。但他出不起那七弯八绕的“挪运费”哪，没个亲戚在高位上或三两万的成本，能把一个活人从遥远的乡下挪到城里去吗？他后悔自己当初没听庄文亮一声劝：“你就别在一棵树上吊死了。”那时庄文亮都帮他填好了某私立学校的应聘表，月薪三千，比现在足足高出一倍，还不包括七七八八的奖金。他以前还笑庄文亮是个势利鬼，在高薪面前充当资产阶级走狗。唉！

晨曦中，他听到窗外的鸟叫，回过神来。他把手中的烟蒂弹向窗外的空中，伸了个懒腰，似乎是对自己又似乎对着天空说了声：“该走了。”

这时，女人醒过来了，她睁眼看着自己的男人在露台上站着，赶紧上前拉了他一下。她这一拉就表示她早已不生他的气了。她劝他睡一会儿，春发一声不吭就钻进了温暖的被窝，一下子睡着了。

6

春发一进学校，发现学校早炸开了锅——校长被县纪委“双规”了。听说他挪用了三万块公款。现在学校的一切事务由陈东平暂行代理。听说不知是谁给县纪委投了一封匿名信，信中的一切说得非常明白：校长吴天良把三万一千五百元挪作他用，其中二万五千元用于县城买房的首付，其余一万一千五百元用于他家开山的挖掘机款。管人事的那位老女教师一把扯住春发："你说怪不怪，举报人竟连发票几张都清楚，说是用七十七张不同等额的办公发票充报这笔款项，你说怪不怪？"

"见怪不怪。"春发冷冷地应了一句。